Distribution

**10 personnages
pour 5 comédiens**

Lola Chauvet
Lucien et M. Vincent
Aurelio et M. Garnier
Octavie et Madame Arnaud
Louise et la secrétaire

Prélude

La lumière de lève sur Lola s'adressant au public.
32 ans, 32 années de vie, c'est déjà long mais en fait tellement court. Et chaque anniversaire me rappelle à chaque fois ce que j'ai gagné sur la maladie, mais ça je ne le sais toujours qu'après. Et si au moins une fois dans mon existence quelqu'un là-haut, s'il y a quelqu'un, pouvait m'offrir l'insouciance des moments à venir...
Dans le doute, je crois que je devrais y penser moi-même. Que toute mon âme et tout mon corps voyagent enfin ensemble comme un météore, visitent l'immensité, le grand, le beau, et que jamais au grand jamais, ils ne se fragmentent à leur contact. Je veux dire qu'ils ne se consument telle une comète s'approchant trop près de la lumière. Quelques instants d'éternité, ce serait trop demander ? Aujourd'hui, je peux vous le dire. Pour la première fois, j'y crois.

Au fait c'est vrai, nous ne nous connaissons pas encore. Je vous remercie d'être-là car je vous avoue qu'il est parfois bien plus facile de se livrer à des inconnus qu'à...comment dire... Oui bien sûr, vous l'avez expérimenté vous aussi, vous savez de quoi je parle. Cela ne m'engage pas trop car de toute façon, il y a peu de chance que l'on se revoit.

Je m'appelle Lola, un joli prénom n'est-ce pas ? Cela vous évoque, laissez-moi deviner, disons une jeune fille pétillante, qui croque la vie, irradie son entourage avec son sourire, sa bonne humeur, son énergie à déplacer les montagnes, mais il y a la face cachée. Vous ne le saviez pas ? Il y a toujours une face cachée ! Lola, cela vient de Dolores, et en espagnol, cela signifie douleur.

Ah, vous voyez que tout n'est pas toujours ce qu'il semble être. Et d'ailleurs je me suis depuis longtemps demandé s'il n'y avait pas comme une prédestination derrière les prénoms. Pas vous ?

Les parents devraient se méfier des prénoms qu'ils donnent à leurs enfants. Ce qu'ils inspirent, tout cela n'est qu'éphémère, il y a des courants et tout le monde sait que les modes changent. Mais le sens, l'origine, cela reste, c'est indélébile. Oui je crois de plus en plus que oui, même s'ils ne pensent pas à mal, les parents devraient se méfier.

LOLA, un prénom court, mon prénom pour quatre lettres, qui peuvent, jouons un peu, enfanter elles-aussi.

L... comme Louise

O...comme Octavie

L... comme Lucien

A...comme Aurelio

Ces quatre-là, je les connais, enfin quand je dis que je les connais, ils viennent juste de surgir dans ma vie. Ils doivent se retrouver ce soir, ils sont inséparables. Je vous laisse avec eux, mais promis, nous allons nous revoir, je suis bien trop heureuse de vous avoir rencontrés vous-aussi.

NOIR

Musique : Vivaldi : Sonate n°5 en mi mineur. Mouvement 1
Deux violoncelles seuls.

Tableau 1 : Louise et Octavie

Chez Octavie et Lucien. Octavie et Louise entrent les bras chargés des préparatifs du repas du soir.

Octavie : Merci de ton aide, tu peux poser les sacs là... Ouf....Eh ben, j'en peux plus.

Louise : Ça tombe bien, j'avais du temps, tu as bien fait de m'appeler. Et si on se posait un peu là ? Regarde-toi, sincèrement si je peux te conseiller, un bon remaquillage t'aidera à retrouver un peu de fraîcheur ce soir.

Octavie : Ne me dis pas ça je t'en prie, j'ai tendance à éviter mon reflet dans le miroir en ce moment, je n'ai pas besoin que tu le remplaces. Sois chic s'il te plaît !

Louise : Ok Installe-toi, si tout n'est pas prêt lorsqu'ils arriveront, ce ne sera pas un drame. On se fait un thé?

Octavie : Volontiers.

Louise : Je fais comme chez moi hein ? *Tout en préparant et en servant.* Tu en sais plus sur la surprise que nous réserve Lucien ?

Octavie : Je suis tellement épuisée que je ne me suis même pas posé la question et puis...

Louise : ...Excuse-moi de t'interrompre une seconde. Tu la ranges où ta boîte à thé ?

Octavie : Ah, je crois que tu vas la trouver juste à côté de la bouilloire. Je ne me souviens pas l'avoir rangée ce matin.

Louise : *Allant hors scène dans la cuisine et en parlant plus fort.* On en était où ? Je t'écoute là.... Ah oui, tu me disais que tu ne savais pas ce que Lucien nous préparait ?

Octavie : Aucune idée. Et puis Lucien, nous surprendre ? Franchement ! Non je ne m'attends à vraiment rien d'incroyable de sa part.

Louise : Ne dis pas ça !

Octavie : Echangeons nos vies, tu verras, tu vas t'éclater avec lui.

Louise : *Revenant de la cuisine.* Arrête avec ça tu veux ? Récupère un peu et on va passer une bonne soirée. Cela faisait un bon moment que nous nous n'étions pas retrouvés comme ça, tous les quatre. Aurelio est parti vraiment longtemps pour cette dernière mission.

Octavie Il est rentré quand exactement?

Louise : Il y a trois jours. Et nous ne nous sommes pas vraiment vus. A son retour d'Indonésie, il a repris direct les cours à l'université. Je ne sais pas comment il tient. D'habitude, il prend au moins deux ou trois jours pour souffler et cela nous permet de nous retrouver. Il m'a dit qu'il n'avait pas eu le choix. En tout cas ce soir, il ne sera rien qu'à nous, il me l'a promis.

Octavie : Parfois je t'envie tu sais ?

Louise : Pourquoi tu penses ça ?

Octavie : Un mari en mission, quand les enfants ont grandi et quitté le nid, tu gères ta vie comme tu l'entends, plus d'horaires, plus de menus, plus de figures imposées en position horizontale, plus de contraintes, tu te sens vraiment libre non ?

Louise : Qu'est-ce que tu t'imagines ? Ça dépend des jours... Et je peux te le dire, Aurelio me manque quand il est engagé sur des missions longues. Et puis je suis désolée mais je n'ai pas du tout envie d'aborder ce sujet. *Un temps....En souriant.* C'est un tout petit peu intime.

Octavie : *se relevant.* C'est toi qui décides. Allez c'est bon, un peu d'audace. On s'y met, ce sera déjà ça de fait.

Louise : *En riant.* De l'audace ? Tu as mis la barre très haut... *Ouvrant les sacs...* Regarde ! Oh là là... Ton traiteur est génial. On va se régaler. Nous n'avons plus qu'à dresser ces plats et on passera pour des cuisinières de folie. *Louise et Octavie s'activent à la préparation de leur repas façon buffet où chacun ira se servir.* Tu ne m'as pas raconté, cela se passe comment au journal ?

Octavie : Pas grand-chose à dire de plus que d'habitude. Tu rédiges un super papier, parfois, tu as quelques retours positifs.

Louise : J'te coupe une seconde, tu n'aurais pas un plat plus grand ? Celui-là, je crois qu'il va être un peu juste.

Octavie : Tiens, regarde en bas à gauche là.

Louise : Ah merci. Ah oui excuse-moi, tu disais ?

Octavie : Où j'en étais ? A oui, je disais que tu ne fais que très rarement l'objet d'une marque de reconnaissance. Personne ne se bouscule au portillon pour te dire « Good Job Octavie ! ». A peine un peu d'autosatisfaction et tu te retrouves déjà devant une nouvelle page blanche, un nouveau sujet et souvent des doutes. Je dois les surmonter chaque jour.

Louise : Mais ça, tu ne le découvres pas aujourd'hui, tu dois commencer à bien gérer non ?

Octavie : Après tant d'années, je me sens par moment découragée par ce recommencement perpétuel. C'est comme ça, c'est une particularité du journalisme. Le pire, c'est que j'ai l'impression encore que cette urgence, cette remise en cause permanente m'est nécessaire pour respirer. Ou alors.... *Elle s'arrête, pensive.*

Louise : Allez... dis ce que tu penses.

Octavie : Ou alors pour combler un grand vide. J'en sais rien du tout tu sais... Et je ne sais rien faire d'autre. Quand je ressens un peu de lassitude, je suis terrifiée car je n'ai jamais imaginé d'autres perspectives dans ma vie.

Louise : Ne t'en fais pas trop. Parfois, un peu de repos... quelques jours de congé et on est de nouveau prêt à reconquérir le monde. Il faut juste se l'autoriser. *Un temps.* Et ta nouvelle directrice ?

Octavie : Je te dirais qu'elle est devenue plutôt distante avec moi.

Louise : C'est quoi cette histoire ? Elle a des raisons de t'en vouloir ?

Octavie : Oui, j't'ai pas raconté ? Tu ne sais pas la dernière ?

Louise : Ben non, cela fait un petit moment que l'on ne s'est pas vues tu sais bien.

Octavie : Ecoute-ça, c'est incroyable. Il y a vingt ans, lorsque Lucien a été lauréat de ce fameux prix littéraire, après une interview, il s'était fait draguer d'une manière assez redoutable par une jeune journaliste, ce qui l'avait mis très mal à l'aise. Je me souviens, elle lui avait même écrit une lettre enflammée qui m'avait alors complètement retournée. J'avais harcelé Lucien pour qu'il me la fasse lire. Et cette lettre m'avait aussi remplie de jalousie. Même pour conquérir Lucien, je n'avais jamais voulu lui révéler de sentiments si intenses.

Louise : Quoi ? Tu ne lui as jamais dit ce que tu ressentais vraiment ?

Octavie : Non je n'ai jamais été douée pour ça.

Louise : Je n'en reviens pas ! Et alors ? Quel rapport avec ta directrice ?

Octavie : Et bien figure toi que l'autre jour, en fin de conférence de rédaction, un collègue m'a interpellée pour me demander des nouvelles de Lucien. Je l'ai vu faire le rapprochement avec mon nom de famille. Je l'ai vue blêmir. Je l'ai lu sur son visage. Là, j'ai compris moi aussi que c'était cette femme qui était tombée follement amoureuse de Lucien il y a vingt ans. C'était bien elle, je n'avais pas percuté avant, j'avais oublié jusqu'à son nom. J'ai pu voir à cet instant qu'elle avait souffert. Oh, si tu l'avais vue, son visage portait encore les stigmates d'une plaie qu'elle a dû avoir du mal à cicatriser.

Louise : Bon, il paraît évident que tu ne lui as pas inspiré de bons souvenirs.

Octavie : Non, et je la comprends, elle me croise tous les jours. Je ne sais pas comment je réagirais moi...Tu avoueras qu'il y a de quoi me rendre vigilante pour mon job dans la mesure où j'ai été un jour un obstacle dans sa vie. *Un temps.* Oh je m'aperçois que je n'arrête pas de parler. Pardonne-moi.

Louise : Mais non ne t'inquiète pas. C'est moi qui te pose toutes ces questions. Et je vois que tu es en train de reprendre du poil de la bête.

Octavie : Sachant que la soirée va être longue, je me fais une raison. Et puis rien que de penser à cette femme, ça réveille, crois-moi ! Et toi, comment tu vas en ce moment ?

Louise : Oh moi tu sais, le violon, les répétitions et les concerts, je suis comblée. Et mon chéri qui est de retour... *Un temps, après un petit sourire complice des deux femmes.*

Octavie : *Plaisantant.* Ça va, j'ai compris, inutile de me balancer ton bonheur à ma figure.

Louise : Je n'insiste pas... Ne t'inquiète pas... Tu ne commences pas à avoir faim là ? Il est quelle heure ? Qu'est-ce qu'ils font ? Enfin ils devraient déjà être là non ?

Octavie : Il est 19h30, Je ne comprends pas non plus ce que fait Lucien, il ne rentre jamais après 18h, il est réglé comme du papier à musique. Un vrai maniaque, tu le connais.

Louise : J'appelle Aurelio. Attends une minute. *Elle compose le numéro et patiente. A elle-même :* Qu'est-ce que tu fais mon amour ? Pourquoi tu ne réponds pas ? *A Octavie :* C'est pas vrai, qu'est-ce qu'il fabrique, il m'avait promis de rentrer tôt.

Le téléphone d'Octavie sonne, elle décroche

Octavie : Allo ? Oui c'est toi ? Mais qu'est-ce que tu fais ? T'es où.... Quoi ? Tu avais un rendez-vous à 17h ?..... Mais enfin c'est quoi cette histoire, depuis quand tu as des rendez-vous toi ? ....Oui ok tu m'en parles plus tard. ......Tu as des nouvelles d'Aurelio ? Non ?... Non non il devrait déjà être là.

Allez arrive ! On t'attend un peu figure-toi. .....Heureusement que Louise a pu se libérer plus tôt pour venir m'aider, Si j'avais dû t'attendre.... Oui oui c'est bon... salut et bouge-toi !

Tableau 2 : Octavie, Lucien, Louise et Aurelio

Lucien: Me voilà. Désolé ma chérie. J'ai pris le courrier en montant, je regarderai ça plus tard.... Ah bonjour Louise, comment tu vas ? *Ils s'embrassent.*

Louise : Bien. Très bien même.

Octavie : Te voilà enfin. Imagine-toi que nous avions une discussion très intéressante au sujet de ma nouvelle directrice au journal.

Lucien: Ah bon, désolé de vous interrompre alors. Dis-moi, tu ne peux pas te débrancher de ton boulot de temps en temps ? Au moins quand nos amis sont là ce serait sympa. Bon ben je vous demande pardon, je vais me passer un pull et j'arrive.

Louise : Quoi, tu lui as rien dit ? Il a l'air de ne pas être au courant.

Octavie : Non... je ne lui ai rien dit. Ce genre d'information risquerait de déstabiliser son monde trop bien ordonné.

On sonne à la porte

Lucien: *Revenant.* Bougez-pas les filles, j'y vais

Louise : Tu ne comptes pas lui en parler ? Lui s'il la croise une seule fois en passant te voir au bureau, il va tout de suite la reconnaître.

Octavie : Rien ne presse de toute façon. Oublions ça pour ce soir tu veux bien ?

Lucien: *Revenant avec Aurelio.* Eh bien voilà, nous sommes au complet.

Aurelio : Bonsoir Octavie *en l'embrassant.* Je ne suis pas parvenu à me libérer plus tôt. Je suis désolé. Impossible de faire autrement.

Octavie : Pas de soucis. Ton copain vient d'arriver et nous avions plein de choses à nous raconter avec Louise. On ne s'était pas vues depuis un petit moment.

Louise : Quand même, tu étais passé où ? J'ai essayé de te joindre, tu ne m'as pas répondu.

Aurelio : Je travaillais Louise, je travaillais. Et lorsque je suis en rendez-vous, je ne décroche pas mon téléphone. Je te l'ai déjà dit hier soir.

Louise : Oui je sais bien mais... Ce n'est pas grave maintenant que tu es là. *Elle l'embrasse, il semble indifférent et ne lui rend pas son baiser.*

Aurelio : Oui bon...bon... *Se détournant de Louise.* Alors Lucien, il parait que tu as une surprise à nous annoncer ? C'est bien ça ? J'ai bien compris ?

Octavie : Oh là, t'emballe pas trop, tu connais Lucien ? Une surprise, ça serait étonnant. Vous ne voulez pas vous installer confortablement plutôt ? Lucien, tu vas chercher l'apéro ?

Aurelio : Octavie est en grande forme ce soir...

Lucien: Oui, oui je m'en occupe ma chérie, j'y vais. *A Aurelio.* Tu sais, ce n'est pas une blague, j'ai vraiment une chose exceptionnelle à vous partager. Mais je vais attendre le dessert, je veux ménager un peu mon effet si tu me permets. Et j'en connais une qui ne va pas en revenir, crois-moi.

Pendant que Lucien s'active à servir tout le monde

Octavie : Alors Aurelio, tu ne te sens pas trop déphasé après cinq mois passés en Indonésie ? On s'est un peu informés de loin.

Aurelio : Si je peux te le dire. Toute la pression retombe là. Je suis vanné parce que ce n'était pas une mission facile. Les régions côtières autour du volcan sont très peuplées et nous avons voulu être sûrs de notre diagnostic avant de convaincre les autorités de la nécessité ou non d'une évacuation.

Lucien: Alors ce n'était pas très différent de tes missions précédentes. Non ?

Aurelio : Ah si carrément ! Même si le Krakatoa a toujours été une île inhabitée, il a tué plus de trente-six mille personnes au XIXème siècle, sans doute dans l'explosion volcanique la plus puissante de l'histoire humaine. Je ne te parle même pas des tsunamis dévastateurs engendrés par cette éruption. Les enjeux nous ont vraiment mis sous pression. Heureusement, cette fois, il n'y aura eu aucune victime. Et le monstre est à présent redevenu calme.

Octavie : *Surveillant d'un coin de l'œil Louise et en riant,* Pardonne-moi de t'interrompre dans le récit de tes aventures, mais regarde la, elle est béate devant son grand et beau héros.

Lucien pendant ce temps est de nouveau reparti dans la cuisine chercher de quoi servir

Louise : Ben quoi, qu'est-ce qu'il y a ? C'est quand même dingue ce qu'il est parti faire là-bas. Non ?

Octavie : Alors ça c'est sûr. Ce n'est pas à mon Lucien que ça arriverait un truc comme ça. Je ne sais même pas si son métier tellement génial lui a déjà permis de passer la barrière du périphérique.

Aurelio : Eh attention à ce que tu dis là, Octavie, tu parles de mon copain en ce moment.

Octavie : Oui, mais j'ai raison ou pas ?

Aurelio: Ne sois pas trop dure, c'est juste que c'est sa tournée de facteur qui est comme ça. Il n'y peut rien.

Lucien: Voilà voilà, je reviens. J'ai cru entendre parler de moi ou bien j'ai rêvé ?

Octavie : *Devant Louise et Aurelio ébahis.* Non, tu n'as pas rêvé. Je leur racontais qu'ils t'avaient encore modifié ta tournée et que franchement, ils exagéraient.

Lucien: Ah oui ça c'est vrai. Mais de toute façon cela n'intéresse personne. Je fais un métier injustement mis au banc de la reconnaissance. On ne nous calcule pas mais si on n'est pas là... Alors qu'est-ce que je vous sers ?

Aurelio : Ben moi, une bière fraîche, je vois que tu en as une, c'est juste ce qu'il me faut.

Lucien: Et toi Louise ?

Louise: La même chose. Aurelio, on s'en partage une ?

Aurelio : *Un peu sec.* Sûrement pas. Tu peux bien t'en boire une toute seule non ? *Avec un regard satisfait vers sa bouteille.* Celle-là elle est pour moi !

Louise: Oh là, pas de soucis, t'es un peu bizarre avec moi ce soir non ? *Aurelio lève discrètement les yeux au ciel.*

Octavie : C'est rien, Louise, cela me va si on la partage. Je vais chercher ça dans la cuisine. Je reviens.

Lucien: Et bien moi, un bon whisky. *Plaisantant.* Je tiens à rester vraiment sobre et conscient ce soir !

Octavie : *Revenant avec la bière et une lettre à la main.* Dis-donc Lucien t'as laissé traîner le courrier sur la table de la cuisine. Tu n'as rien remarqué dans ce que nous avons reçu ?

Lucien : Ben non. Je t'ai dit que je regarderai plus tard. Pourquoi ?

Octavie: Il y avait cette enveloppe et dessus il est écrit « A ouvrir impérativement ce soir ». Pas de cachet de la poste. Quelqu'un l'a donc déposée dans notre boîte aux lettres. Et aujourd'hui.

Lucien: Qu'est-ce que cela peut-être ? Bien vas-y, qu'est-ce que tu attends ?... ouvre ! *A Louise et Aurelio.* Cela ne vous dérange pas ?

Aurelio : Bien sûr que non.

Louise : Moi non plus. Allez-y. Et puis peut-être que cela nous concerne aussi si cette enveloppe doit être ouverte ce soir ?

Octavie: On va voir tout de suite ce qu'il y a dedans. *Elle ouvre et marque un temps.*

Lucien : Accouche, qu'est-ce que c'est ?

Octavie: Une lettre.

Aurelio : Une lettre ? Dans une enveloppe ? Quelle surprise !

Octavie: *La retournant dans tous les sens.* Anonyme... Ce n'est pas signé. *Elle regarde à nouveau à l'intérieur et en sors deux enveloppes.* Deux enveloppes ? C'est bizarre. Elles sont numérotées... sans doute pour les ouvrir dans le bon ordre.

Aurelio : Oooh là, une enveloppe, avec une lettre et deux enveloppes, cela paraît bien compliqué tout ça.

Louise : Allez, je suis curieuse. Qu'est-ce qu'il est écrit sur cette lettre ?

Octavie: Ben tu permets Louise ! Si le message nous est personnel. *Impatient, Lucien lui prend la lettre des mains.*

Lucien : Tu vas rester combien de temps à attendre comme ça. Tu as le sens du teasing toi ! Voyons voir... Il est écrit

« Vous avez ouvert cette enveloppe parce que nous sommes ce soir, et que vous êtes tous les quatre rassemblés, **L**ouise, **O**ctavie et **L**ucien, et **A**urelio »

Aurelio : C'est quoi ce délire ?

Octavie: Et la suite...

Lucien : *Reprenant la lecture.* « Je sais que vous ne vous ennuierez pas sans moi, mais j'ai quand même pensé à vous. Afin que vous passiez une bonne soirée, je vous propose un petit jeu. Pardon, je vous impose un petit jeu ».

Louise : Un jeu ? Cela devient excitant !

Aurelio : Mais qu'est-ce que t'en sais ? Vas-y continue Lucien.

Lucien : « Parce qu'en fait, vous n'avez pas vraiment le choix, et je vous conseille de faire précisément ce que je vous demande ».

Aurelio : *Interrompant Lucien.* Mais qu'est-ce c'est que ces conneries encore. Il y a un allumé qui nous écrit une lettre et qui nous dit que nous n'avons pas d'autre alternative que de suivre ce qu'il nous impose ? Vous allez gober ça ?

Louise : Tu ne veux pas laisser Lucien finir de lire ce message avant de t'emporter comme ça.

Aurelio : Non mais il croit quoi ? Il a été bercé près du mur avec « Mission Impossible » en fond sonore ce con ? Cette lettre va s'autodétruire après sa lecture ? C'est bien ça ce qui est écrit après Lucien ?

Lucien : «... car j'ai tout moyen de le vérifier, mais aussi, de vous exposer à des conséquences peu envieuses si vous ne vous pliez pas à mes exigences. Je comprends que vous vous demandiez qui se cache derrière cette manipulation, et je vous avoue m'en amuser, mais rassurez-vous, tout ceci n'est pas bien méchant. Pour le moment, il faut juste lâcher prise. Je vous souhaite une excellente soirée. »

Octavie : Eh bien, j'ai déjà écrit des articles sur des pervertis, des débauchés, des corrompus et des vicieux, mais c'est la première fois que l'on me menace de représailles.

Aurelio : Vous faîtes comme vous voulez, mais moi, je n'ai pas l'intention de me laisser faire. C'est malsain votre truc.

Louise : T'as pas compris que cela nous concernait tous les quatre. Si tu te mets en dehors, nous y serons nous aussi automatiquement. Tu ne peux pas te la faire perso et je n'ai aucune envie de connaître les conséquences auxquelles nous nous exposons.

Aurelio : C'est quoi ton problème. Finalement, tu es excitée ou tu as peur ?

Louise : Non je n'ai pas peur.

Aurelio : On ne dirait pas.

Louise : Je te dis que je n'ai pas peur !

Aurelio : Alors tu ne me diras pas ce que moi je dois faire.

Louise : A quoi tu joues là ?

Aurelio : C'est toi qui t'imagines que je joue. Mais je ne joue pas. Je te dis juste que tu as peur, et franchement, je n'ai encore rien vu de bien menaçant dans cette stupide manipulation.

Louise : Mais tu n'écoutes pas ce que je te dis, je n'ai pas peur à la fin !

Lucien : Ok ok ok ok.....

Octavie: *Coupant Lucien.* Reprenons le fil, peut-être que chacun d'entre nous pourrait commencer par chercher dans ses connaissances qui aurait pu nous jouer un tour pareil. Il faut que cela soit quelqu'un de proche de nous. Qu'il nous connaisse bien tous les quatre, qu'il sache où nous habitons.

Lucien : Pourquoi tu dis « il » ? Dans tes investigations journalistiques tu ne claques jamais la porte à une éventualité non ? Tu ne t'imagines même pas que cela pourrait être aussi une femme qui se cache derrière tout ça !

Octavie: Non mais tu me cherches ou quoi ? On s'en fout de savoir si c'est un homme ou une femme, en tout cas pour le moment. On cherche juste à savoir qui c'est… c'est tout. Et puis c'est quoi ton problème, c'est toi qui veux nous orienter vers une piste féminine ? Tu voudrais nous cacher quelque chose ?

Lucien : N'importe quoi !

Aurelio : Oh là, restons calme et ne nous emballons pas

Louise : C'est toi qui dis ça ?

Aurelio : Arrête Louise. Je ne dis qu'une seule chose, redescendons tous un peu là…. Et moi aussi, cette situation nous rend nerveux et c'est idiot.

Un temps, chacun semble absorbé et réfléchir à qui dans son entourage aurait pu …

Louise : Franchement, autour de moi, je ne vois pas trop qui pourrait m'en vouloir. Je n'ai pris la place de personne dans ma vie. J'ai juste gagné des concours et je n'y peux rien si j'occupe une place de soliste aujourd'hui dans les différents orchestres avec lesquels je joue.

Aurelio : Moi je débarque d'Indonésie. Cela faisait des mois que je n'avais pas mis les pieds en France. Je ne vois pas qui autour de moi...

Lucien : ... Oui mais cherche bien quand-même parce que ce quelqu'un ou quelqu'une a très bien pu être patient et attendre ton retour... Et toi Octavie, dans tes investigations au journal, tu as déjà croisé par mal de drôles d'oiseaux non ?

Octavie : Oui je cherche... Je pourrais peut-être penser à quelqu'un, et pour le coup une femme mais.... Non c'est impossible.

Lucien : ... Ah oui c'est qui ?

Octavie : *Agacée.* Quelqu'un au journal Lucien, cela ne te regarde pas, tu ne la connais même pas ! Et en tout cas c'est impossible car elle ignore jusqu'à l'existence de Louise et d'Aurelio. De toute façon, elle ne pouvait pas avoir connaissance de notre repas tous les quatre ici ce soir.

Louise : Tu as raison Octavie, il faut nous connaître pour savoir qu'Aurelio était absent tous ces derniers mois. Tu te souviens si tu aurais parlé de cette soirée avec des collègues ?

Octavie : Je n'ai pas d'amis à la rédaction à part un pigiste que connait aussi Lucien, mais nous nous sommes juste croisés ces derniers temps. Et puis c'est plus une connaissance agréable qu'un ami. Je ne lui jamais rien dévoilé d'important de ma vie.

Aurelio : Et toi Lucien ?

Lucien : Quoi moi ?

Octavie: Quoi ! Lui ? N'y pense même pas Aurelio.

Aurelio : Et pourquoi pas ? Lucien a bien une vie lui aussi.

Octavie: Oui mais tellement convenue, tellement ennuyeuse, tellement... Tellement dépourvue d'imprévus. Franchement, qui aurait envie de jouer avec Lucien ? Qui serait tenté de le faire chanter ? A part avoir une appétence masochiste et assumée pour quelques instants d'ennui mortel. Tu peux me le dire ? Toi qui le connais bien....

Lucien : Eh oh, je suis là, Octavie, tu es en train de parler de moi là !

Octavie: *Cynique.* Ah oui excuse-moi. Tu es tellement transparent parfois que j'en oublie presque ta présence. *Poursuivant devant Lucien levant les yeux au ciel.* Regarde toi, tu as vu ta réaction lorsque l'on parle de toi, devant toi en termes aussi peu flatteurs ? C'est mou ! C'est tout mou. C'est spongieux, que dis-je c'est spongieux, c'est flasque, c'est inconsistant et résigné ! Même pas un semblant d'amour propre. Rien, aucune révolte.

Louise : Oh oh, stop les amis stop ! On ne cherche pas à régler nos problèmes de couple là, on essaie juste de démasquer la personne qui cherche à nous manipuler.

Octavie: Lucien, c'est PAS un problème de couple, c'est un problème à lui tout seul !

Louise : Je t'en prie Octavie.

Aurelio : *Avec apaisement.* Elle a raison Octavie. Je ne crois pas que ce soit le bon moment... Alors Lucien, de ton côté ? Rien de suspect ? Pas de rencontre étrange ces derniers temps ? Tu n'as croisé personne qui aurait eu une fois l'envie de déposer un pli dans la boite aux lettres de son facteur ?

Lucien : Et bien j'en serai très surpris. Je ne côtoie et ne parle pour ainsi dire à personne dans ma tournée, hormis les formules de politesse d'usage. Paris, ce n'est pas un village où le facteur est attendu sur le perron d'une maison au gré de son service.

Aurelio : Mais j'y pense !

Louise: Oui ?

Lucien : Dis-nous Aurelio tu songes à quelqu'un ?

Aurelio : Oui !

Octavie : Et à qui alors ?

Aurelio : A une personne qui doit bien se marrer en ce moment

Louise : On est bien avancé !

Lucien : Ben oui, elle a raison Louise. C'est qui alors ?

Aurelio : Je crois que j'en sais assez pour vous dire ne rien craindre de notre manipulateur.

Louise : Tu ne vas pas nous laisser comme ça non ?

Aurelio : Pourquoi pas ? C'est finalement très amusant de voir votre tête en ce moment. Je crois que je vais en profiter un peu.

Octavie : Arrête de nous faire marcher Aurelio. Ce n'est pas drôle.

Aurelio : En tout cas, il a déjà en partie gagné

Octavie : « Il » ? C'est un homme alors ?

Louise : « Il » a en partie gagné quoi ?

Aurelio : On a dépassé toutes ses espérances, nous sommes déjà rentrés dans son jeu, avant même d'avoir pris connaissance de la première énigme à résoudre, s'il y en a une... Nous voilà, ou plutôt à présent vous voilà lancés à corps perdu dans une enquête passionnante, où vous cherchez un suspect qui n'a commis à cet instant aucune atrocité. Je vous le concède, il est difficile de trouver des indices lorsqu'il n'y a pas de victime à disséquer ni de scène de crime à explorer !

Louise : *Lassée et blessée de l'attitude d'Aurelio à son égard depuis le début de la soirée.* Tu ne veux rien dire de ce que tu sais ? Je crois que j'en ai assez des comportements puérils, j'ai plus intéressant à faire. J'appelle un taxi. En tout cas, merci Aurelio, j'ai ma dose pour ce soir. Lucien, Octavie, je suis sincèrement désolée.

Aurelio : Louise, non ne pars pas. Tu vas décevoir l'un d'entre nous si tu t'en vas.

Octavie et Louise ensemble : L'un d'entre nous ?

Octavie : Qu'est-ce que cela veut dire ? Allez cesse ce petit jeu stupide. Cette fois tu en as trop dit et moi aussi je commence franchement à en avoir marre. Aurelio, malgré toute l'amitié que je te porte, tu ne m'amuses plus. *S'adressant à Lucien.* Et toi tu ne dis plus rien maintenant ?

Aurelio : C'est normal.

Louise : Quoi c'est normal ?

Aurelio : Allez, j'arrête de vous faire marcher. Je dis que c'est normal parce que la personne qui tire les ficelles de cette jolie pagaille, c'est Lucien

Lucien : Quoi ? Mais qu'est-ce qui te prend ?

Aurelio : Excuse-moi Lucien, je sais que c'est tôt dans la soirée pour le dénouement et que tu ne l'avais pas prévu comme cela, mais vu la tournure que prennent les choses... On ne va pas en sortir indemnes si on continue dans cette direction. Crois-moi, c'est le bon moment pour cracher le morceau

Octavie : *Regardant Lucien.* Quel morceau ?

Lucien : Oh là, doucement tout le monde. Je ne vois vraiment pas où Aurelio veut en venir.

Aurelio : Tu es sérieux ? Tu m'en as parlé tout à l'heure. Cela fait deux jours que tu as attisé notre curiosité avec cette surprise que tu nous réservais pour ce soir. Et bien la voilà ta surprise. Tu nous auras bien fait courir. L'effet est réussi.

Lucien : Mais Aurelio, il ne s'agit pas de ça.

Aurelio : En plus, cela ne nous empêchera pas d'y jouer à ton jeu. Son auteur n'est plus anonyme mais je suis sûr que l'on va quand même se faire plaisir. Sois beau joueur. Tu as été démasqué et alors !

Lucien : Mais puisque je te dis....

Octavie : *Coupant Lucien.* Excuse-moi Aurelio, j'ai de gros doutes sur la capacité de Lucien à concevoir un tel plan machiavélique.

Louise : Ah oui je suis d'accord, ce n'est pas ça la surprise de Lucien, ça je peux vous le garantir !

Aurelio et Octavie se tournent vers Louise interrogatifs. Lucien gêné se terre un peu plus dans le silence.

Octavie : Comment ça tu peux le garantir? Tu es au courant ? Qu'est-ce que vous fabriquez tous les deux ? *Balayant son regard interrogatif de Lucien à Louise.* Et toi Aurelio, tu es aussi dans la confidence ?

Aurelio : Je débarque complètement là

Lucien : *Agacé.* Arrêtez maintenant. Comme vous y allez.

Louise : *Mal à l'aise et se reprenant.* Je ne sais rien, Lucien ne m'a rien dit. Il ne m'a rien dit du tout. C'est juste que ce moment surréaliste que notre « inconnu » nous impose ne ressemble pas à Lucien. Ce n'est pas Lucien. C'est seulement cela dont je suis sûre.

Octavie : Regarde-moi bien Louise, j'aime mieux ça, et j'espère que je peux te faire confiance. Même si je trouve étrange que tu t'exprimes à propos de lui comme si tu le connaissais encore mieux que moi. Je te préviens, pas de cachotteries entre nous.

Louise : Enfin Octavie, vingt ans d'amitié. Comment pourrais-tu douter de moi ?

Aurelio : *A Lucien.* Alors toi ! Tu es sûr que tu n'as rien à voir avec tout ce cirque ?

Lucien : Ah ça oui !

Octavie : Alors retour à la case départ. Qu'est-ce qu'on fait maintenant ?

Aurelio : Ce que j'en dis, c'est que cette histoire n'a que trop duré.

Octavie : De toute façon, on a déjà tenté de voir qui nous en voudrait à tous les quatre. On n'en a pas la moindre idée. Alors plutôt que de se laisser manœuvrer comme des pions, on ferait mieux de mettre ce jeu de côté. Ras le bol. Et puis, je ne vois pas ce que l'on risque. Cela vous dit que l'on passe à table ?

Lucien : Bonne idée !

Aurelio : Allez hop, on en termine avec ces conneries. *Il ramasse les deux enveloppes et les jette rageusement par la fenêtre. Puis reprenant en se frottant les mains.*

Louise : Mais qu'est-ce que tu fais Aurelio, ça va pas non ?

Aurelio : Quoi ? Qu'est-ce que tu veux de plus ? On a dit qu'on passait à autre chose, eh bien nous voilà débarrassés. Tiens, que celui ou celle qui a eu envie de nous pourrir cette soirée vienne, il verra ce qui l'attend.

NOIR

Tableau 3 : Lola

La lumière se baisse sans s'éteindre complètement sur les quatre convives qui s'immobilisent, alors que Lola revient dans la lumière sur le bord de scène. Elle s'adresse au public.

Me voilà. Vous ne m'avez pas oubliée ? Je vous avais promis de revenir vous voir. Vous vous en souvenez ? Vous vous souvenez que nous nous étions quittés subitement lorsque nous commencions à faire connaissance ? Rappelez-vous, je vous avais propulsé dans cette soirée, on peut se le dire un peu tumultueuse et ce, malgré le plaisir partagé par ces amis de se retrouver.

En fait, je n'avais pas le choix. Je m'explique. Tout est vécu simultanément, je veux dire qu'à l'instant même où je vous parle, **L**ouise, **O**ctavie, **L**ucien et **A**urelio en sont à l'entrée d'un menu que, je vous l'avoue, j'imagine délicieux. Et comme ils sont occupés à des discussions banales, absorbés qu'ils sont à se régaler, nous de notre côté, nous ne ratons pas grand-chose. Enfin, dans la mesure où il n'y en a que pour quatre et que l'on ne peut pas goûter.

Donc reprenons. Nous sommes dans la même temporalité. Eux, vous et moi. Tout à l'heure, lorsque nous nous sommes présentés, Louise et Octavie étaient en train d'appeler l'ascenseur pour regagner l'appartement. Lorsqu'elles y ont pénétré, on peut dire que leur soirée commençait... Non ?

D'une manière générale, enfin nous pourrions dire que c'est un fait, lorsqu'on arrive quelque part, on se retrouve immédiatement dans l'unité du temps qui va suivre. Un lieu, une histoire, c'est comme ça.
On ne peut pas attendre les minutes qui suivent le début d'une histoire. Si nous ne sommes pas là dès le commencement, on manque les premiers regards, les premiers mots, les premiers gestes, on est perdu. Et une soirée à ne rien comprendre, c'est long, c'est très très long. Foi de Lola, cela peut même être douloureux. Voilà pourquoi j'ai dû vous laisser. Vous deviez faire connaissance avec Louise et Octavie dès leur l'entrée dans l'appartement.

Ce que je veux vous dire, c'est de ne pas vous inquiéter si vous avez eu le sentiment d'avoir été abandonnés car

nous sommes liés vous et moi, Lola, unis au destin de **L**ouise, **O**ctavie, **L**ucien et **A**urelio. Et ce n'est pas grave si vous trouvez que cette histoire est bien confuse. Ne vous posez pas trop de questions. Entre nous, cela peut être dangereux. De se poser trop de questions je veux dire. On peut vite perdre notre direction. On quitte la voie principale, on s'enfile dans des petites routes, puis des petits chemins, la nuit tombe et soudain, on ne sait plus où on est et alors là ! C'est la pagaille mes amis, je ne vous dis pas. Vous voyez vous aussi de quoi je veux parler ? Oui d'accord, c'est une autre histoire. Ne nous égarons pas davantage.
Un temps. Le son des quatre amis passant la soirée ensemble devient petit à petit perceptible.
 Bien, je dois encore vous laisser, je crois qu'ils viennent de terminer le dessert. C'est le moment si je m'en souviens bien que Lucien a choisi pour lever le voile sur sa surprise. Allons les retrouver. Je suis sûre que vous avez hâte de découvrir vous aussi de quoi il s'agit.

NOIR

Musique : Vivaldi : Sonate n°5 en mi mineur. Mouvement 2
Deux violoncelles seuls.

Tableau 4 : Un petit jeu sans conséquence

Aurelio : Ah c'était excellent. Merci !

Louise : *Avec un clin d'œil en direction d'Octavie.* Quel talent Octavie ! Il faudra que tu passes à la maison. Notre cuisine attend depuis longtemps une cheffe digne d'elle. *A Aurelio.* On l'engage ?

Octavie : Merci mais non ! Un moment n'est exceptionnel qu'en raison de sa rareté. Vous serez obligés de revenir.

Lucien : Et puis, il ne faut pas en faire trop non plus. On connaît la provenance du menu de ce soir.

Octavie : Un instant de grâce à la faveur d'une toute petite imposture, c'était trop demandé ? Merci Lucien

Louise : D'ailleurs Lucien, c'est quand ta surprise ?

Aurelio : C'est vrai, j'ai failli oublier. La fin du repas, ce n'était pas le moment que tu avais choisi?

Octavie : Non mais sérieusement, vous y croyez-vous ? Finalement, s'il doit y avoir une belle imposture, cela sera celle de Lucien plutôt que mon repas !

Lucien : Décidemment, qu'est-ce qui t'arrive ? Pourquoi tu tournes en boucle avec ça ce soir Octavie ? C'est pas vrai ! Remarque, après tout, ce mépris de ta part m'indiffère car j'en connais l'issue.

Octavie : Tiens, tu te mets à répondre maintenant ? Laisse moi quand même te dire que tu pars de loin. De très très loin.

Louise : Oh, mais vous n'allez pas recommencer tous les deux ! Sinon, on s'y met aussi avec Aurelio.

Aurelio : *En aparté.* Il ne vaudrait mieux pas.

Louise : Qu'est-ce que tu as dit ? Je n'ai pas entendu.

Aurelio : Non rien.

Lucien : Bon, qui veut un café ? Un thé ? Une infusion ?

Louise : Infusion pour moi s'il te plait.

Aurelio : Café, merci.

Octavie : Rien. Tu t'en occupes ?

Lucien : J'y vais.

Octavie : *A Louise*. C'est quand ton prochain concert ?

Louise : A l'Opéra d'Oslo, dans quinze jours.

Octavie : Il n'y a pas qu'Aurelio qui voyage pour son métier. Tu fais le tour du monde toi aussi. En parlant de musique, vous voulez que l'on en mette un peu ?

Aurelio : Cela m'est égal. Comme vous voulez.

Louise : *Sur un ton tranquille.* Excuse-moi, je ne préfère pas. Vous imaginez ce qu'il y a derrière l'enregistrement d'une œuvre musicale ? Un compositeur, une création. Des musiciens happés par des heures de travail sur leur instrument et en répétitions. A toujours chercher comment cacher leur technique derrière les nuances et les émotions qu'ils veulent susciter. Oh oui, c'est aussi mon quotidien et tout ça pour finir en bruit de fond derrière les conversations de quatre amis qui se retrouvent ? Je trouve ça comment dire...

Aurelio : *Lui coupant la parole et moqueur. Faisant mine d'ignorer Louise.* Tiens je n'avais pas entendu Octavie que tu nous avais mis France Culture.

Aurelio : *Blessée.* Aurelio, j'ai encore dit quelque chose qu'il ne fallait pas ?

Octavie : *Surprise.* Arrête Aurelio, C'est un moment important ! Enfin ! notre Louise nous révèle au-delà de sa discrétion légendaire quelque combat bien caché dans la housse de son violon. Je commençais à désespérer.

Octavie : *Voyant Lucien revenir livide.* Qu'est-ce qui t'arrive ? On dirait que tu as vu un fantôme ?

Lucien : En passant devant l'entrée, j'ai vu qu'il y avait cette enveloppe sous la porte.

Octavie : Ah bon ? Et tu l'as ouverte ?

Lucien : Non. Et elle n'y était pas tout à l'heure. On vient de la déposer, c'est sûr.

Aurelio : On ne va pas remettre ça !

Octavie : *Se dirigeant à la fenêtre.* Je ne vois personne dehors. Descend vite Lucien. Tu vas peut-être rattraper la personne qui l'a déposée.

Louise : Si ce n'est pas quelqu'un de l'immeuble.

Lucien se précipite dehors.

Aurelio : Je vous préviens, je ne sais pas ce qu'il y a dans cette enveloppe, mais je ne rentrerai pas davantage dans la combine si on doit revenir à ce jeu débile.

Octavie : Je n'en ai pas trop envie non plus.

Louise : Ce qui me gêne là, c'est que c'était le moment que Lucien attendait. Le clou de la soirée, c'était censé être maintenant.

Octavie : Louise, tu recommences ? Je vais vraiment finir par me poser des questions !

Louise : Non mais c'est que j'étais impatiente de découvrir ce qu'il voulait nous révéler. Ton Lucien, il est aussi un tout petit peu à nous. Aurelio dis quelque chose. Tu penses comme moi ?

Aurelio : C'est vrai Octavie, cela semble important pour lui, et au nom de notre amitié, cela l'est tout autant pour moi.

Louise : Ah tu vois !

Lucien : *Revenant essoufflé.* Rien, je n'ai vu personne. Ni dans la cage d'escalier, ni dans la rue. L'ascenseur n'a même pas été appelé. Du coup, excuse-moi Aurelio ... *un temps. Reprenant son souffle.*

Aurelio : Oui ?

Lucien : Et bien en sortant, j'ai trouvé les deux enveloppes que tu avais lancées par la fenêtre. J'ai préféré les prendre avec moi.

Louise : Tu as bien fait ! *Octavie approuve aussi.*

Aurelio : C'est ça. Vous êtes une sacré bande de froussards. Dis-moi surtout que tu les as cherchées. Tu ne les as pas trouvées par hasard.

Lucien : On ne comprend rien à ce qui se passe là. Nous ignorons tout du nouveau message, mais ces deux enveloppes de tout à l'heure, nous allons peut-être en avoir besoin. On n'en sait rien !

Aurelio : Vous allez nous faire virer cette soirée au cauchemar !

Louise : Aurelio, sois raisonnable. Lucien a eu raison. C'est juste au cas où.

Octavie : Allez c'est quoi ce nouveau message ! Lucien, donne-moi ce pli qu'on en finisse.

Lucien : Tiens. En tout cas pas de doute, c'est la même enveloppe que les autres.

Louise : Alors ?

Octavie : Voilà. *Elle ouvre l'enveloppe et lit à voix haute.* « Vous avez raison d'avoir attendu, c'est toujours après le dîner que l'on sort les jeux de société. J'ai juste un regret, c'est qu'il m'aurait été agréable d'écouter un peu de musique. J'aime bien le violon. Mais enfin, il eût été indélicat de ma part de demander à Louise d'apporter son instrument de travail pour un repas entre amis ». *Octavie s'arrête, elle fixe interrogative Louise, rejointe par Aurelio et Lucien.*

Louise : Pourquoi vous me regardez comme ça ?

Aurelio : Tu te poses la question ?

Louise: Absolument pas.

Octavie : Comment absolument pas ? Nous avons un bel indice là.

Aurelio : Tu comprends ce que ça veut dire ?

Louise: Pas du tout

Aurelio : Tu te moques de moi là ! En dehors de nos prénoms, notre manipulateur n'a apporté aucune preuve qu'il nous connaissait, sauf que là, nous savons à présent qu'en plus de t'appeler Louise, il connaît ta profession et ton talent.

Octavie : Cela veut dire que forcément, celui qui te connait bien, tu dois aussi le connaître non ?

Louise: Admettons que cela soit le cas, vous vous imaginez que je suis complice de ce qui se passe en ce moment ? C'est ce que vous croyez ?

Aurelio : C'est à toi de nous le dire. En tout cas, c'est le bon moment parce que je commence vraiment à en avoir assez de tout ça.

Louise: Heureusement que tu ne travailles pas pour la Police. Tu accuserais les uns après les autres tous les habitants de ce pays. Tu es un vrai pyromane. Tu allumes des feux partout. Tout à l'heure, le manipulateur c'était Lucien et à présent c'est mon tour.

Aurelio : C'est trop facile d'éluder les questions de la sorte.

Louise : Peut-être, et je dis bien peut-être que j'ai croisé celui ou celle qui s'amuse de nous en ce moment. Je n'en sais rien Une bonne fois pour toute, je n'ai rien à voir avec tout ça c'est clair ?

Lucien : *Avec une touche d'humour.* Te fais pas de soucis Louise. En te soupçonnant de la sorte, Aurelio cherche peut-être à éloigner ceux que nous pourrions avoir à son égard, il n'a peut-être pas très envie que nous nous posions des questions à son sujet.

Aurelio : Ce ne serait pas toi Lucien, je ne sais pas si je le prendrais bien.

Octavie : Je pense que nous devrions ouvrir ces enveloppes et faire ce jeu qu'on en finisse.

Aurelio : Ce qui est quand même troublant, c'est cette impression de caméras et de micros cachés dans l'appartement. Quelqu'un aurait pu rentrer chez vous ? Vous nous faîtes tester une nouvelle formule de téléréalité ? Si c'est cela, vous auriez pu nous prévenir !

Louise : Tiens. Notre inspecteur en chef explore une nouvelle piste tout en nuance !

Octavie : Tu as raison, c'est troublant. Quelqu'un sait ce qui s'est passé ici depuis le début de la soirée. *Un temps.* Non, mais de toute façon, personne n'a pu venir ici en notre absence.

Lucien : Exact, nous avons une alarme. Et quand bien même elle aurait été déjouée parce que toutes les protections ont des failles on le sait tous, franchement, vous vous imaginez avoir autant d'importance, autant de secrets qui mériterait une telle énergie à dépenser par quiconque pour tenter une intrusion ?

Aurelio : Tu as raison, je l'admets, le jeu n'en vaut certainement pas la chandelle. Nous n'en valons pas l'intérêt.

Louise : Enfin, te voilà redevenu raisonnable.

Octavie : Donc finissons-en. Lucien tu vas ouvrir cette enveloppe mystère ?

Lucien : Et... et ma surprise alors ?

Octavie : *Singeant un petit garçon.* Et ma surprise alors ? Mais qu'est-ce que tu nous fais là ? Un caprice ? Tu crois que c'est le moment ? T'as pas vu que ce qui nous préoccupe en ce moment, c'est que l'on se joue de nous et que nous n'en avons aucune envie. Alors on en termine avec ça et ta surprise, tu nous la réserve pour après. Cela ira comme ça ?

Louise : Je t'en prie Octavie

Lucien : *Mimant un petit garçon sanglotant et séchant ses larmes, il s'approche affectueux et entoure par l'arrière Octavie de ses bras.* Laisse tomber Louise. C'est rien. Mon Octavie est ce soir... comment dirais-je... pas comme d'habitude. Tiens Aurelio, dans ton monde à toi on dirait volcanique ? C'est juste le jour de l'éruption, cela va passer.

Aurelio : C'est une bonne image en effet. Et te concernant, j'en ai une autre plus « biblique » qui me vient à l'esprit, mais je ne parle pas de catastrophe. C'est juste que quand tu prends une bonne baffe toi, qu'elle soit justifiée ou non, tu tends l'autre joue.

Lucien : J'adore ça !

Octavie : *Repoussant enfin Lucien qui était resté contre elle.* Je prends deux minutes pour remettre un peu d'ordre dans la cuisine. Pas sûre d'en avoir le courage plus tard. Cela me fera du bien aussi de m'extraire de là un instant. Dès que je reviens, on attaque. Cela vous va ?

Louise : Je t'accompagne.

Octavie : T'es pas obligée. Laisse tomber.

Louise : Je viens je te dis.

Lucien : *à Aurelio.* Installe-toi. Je te ressers quelque chose ? J'ai rapporté un vieux rhum de chez mes parents dont tu me diras des nouvelles.

Aurelio : Comme la soirée n'est pas prête de se terminer pour moi, c'est une très bonne idée !

Lucien : Tu as autre chose de prévu cette nuit ?

Aurelio : Non, pas exactement. *Ne voulant pas s'attarder sur ce sujet.* Tu sais, je repensais à l'instant à ton image pour décrire l'humeur de ta femme ce soir ?

Lucien : Ahhh ne parle pas d'Octavie comme cela. On prononce son prénom, on ne dit pas ma femme. Si j'ai son amour, cela me suffit. J'ai horreur de dire ma femme. Cette connotation de propriété hérisse tout ce que je peux avoir de cheveux sur la tête.

Aurelio : *Taquinant Lucien.* Pardon pardon. Vous vous êtes pourtant bien mariés.

Lucien : Exact, et quand on parle de mariage figure-toi, on parle d'amour et sûrement pas de titre de propriété.

Aurelio : Du moins en ce qui te concerne je suppose. Tu t'y connais mieux que moi, nous ne sommes pas mariés avec Louise.

Lucien : Merci de m'autoriser ça. Pourquoi tu disais alors que ta soirée serait longue si tu n'as rien prévu d'autre en partant d'ici au beau milieu de la nuit ?

Aurelio : Juste avant que je te réponde. Dis-moi seulement, c'est souvent le cas ?

Lucien : De quoi ?

Aurelio : Qu'Octavie te parle de cette façon. Qui plus est devant vos amis.

Lucien : Pas vraiment. Où veux-tu en venir ?

Aurelio : Et bien je m'en amuse un peu là, mais j'ai l'impression que si elle est entrée en éruption ce soir, peut-être que la science des volcans pourra t'aider à comprendre où tu en es toi-même dans ton couple. Je pourrai même à partir de là esquisser une prédiction sur les conséquences de ce phénomène auquel tu fais face.

Lucien : T'est complètement barré. Et tu n'as même pas encore bu ce que je viens de te servir.

Aurelio : Attends mais c'est génial. Je vais m'ouvrir à une nouvelle spécialité. Peut-être qu'une seconde thèse se profile pour moi. Je retrouve mes élans de jeunesse lorsque je cherchais un objet d'étude singulier et un angle d'attaque innovant. Ah ma chambre d'étudiant n'est pas loin je te le dis.

Lucien : T'es pas obligé de te servir de moi pour assumer tes relents nostalgiques.

Aurelio : La volcanologie au service de l'analyse prédictive dans les crises de couple. Cela claque non ?

Lucien : Que veux-tu que je te réponde ? Franchement. Surtout que je ne vois vraiment pas le rapport. Juste un petit coup de mauvaise humeur ce soir, Octavie est volcanique mais j'aurais pu employer bien d'autres analogies pour la définir.

Aurelio : Mais tu as choisi celle-là. Et tu m'offres là un beau terrain d'expérimentation.

Lucien : Et tu penses qu'on doit alimenter encore un peu plus cette crise de délirium dans laquelle nous sommes plongés depuis le début de la soirée. Je vais devoir aussi jouer un rat de laboratoire pour un ami en mal de jeunesse ? Et en parlant de délire, je ne vois toujours pas de lien entre tes volcans, Octavie et moi.

Aurelio : Je vais te l'expliquer. Il s'agit de savoir où classer la petite crise de mépris d'Octavie à ton égard. Chez les volcans, il existe deux types de dynamismes éruptifs, l'un effusif et l'autre explosif. Et les conséquences de l'un ou de l'autre ne sont pas les mêmes, crois-moi. Tu me suis là ?

Lucien : Jusque-là ça va.

Aurelio : Bien. Et creusons ces deux options. Comment pourrais-tu toi-même décrire le comportement d'Octavie ce soir ?

Lucien : Je n'en ai aucune idée.

Aurelio : Fais un effort veux-tu. C'est très important de se pencher sur cette question car c'est une clé pour comprendre ce qui va se passer ensuite pour vous.

Lucien : Tu m'inquiètes là. Tu te prends vraiment au sérieux ?

Aurelio : Joue le jeu et tu pourras juger par toi-même. *Devant Lucien levant les* *yeux au ciel.* Bien nous allons poursuivre par un exemple, tu y verras peut-être un peu plus clair. Partons du principe qu'Octavie manifeste plus ou moins régulièrement des remarques méprisantes pour toi à l'image de ce soir. Ne rentrons pas dans la nuance en cherchant à savoir si cela se passe habituellement ou non devant témoins.

Lucien : Et alors ?

Aurelio : Je dirais que son comportement est effusif. Elle a une activité intense, un ressentiment qui l'anime et qu'elle exprime à chaque fois que cela devient pesant pour elle. Cela serait plutôt une bonne nouvelle car tu serais moins exposé à des décisions radicales concernant votre couple. Mais un conseil du scientifique qui te parle, ce ressentiment qui reste le moteur de ces effusions, tu ferais bien d'y être attentif.

Lucien : *Soudain curieux,* Lucien *se décide à rentrer dans le jeu d'Aurelio.* Merci mon vieux. Et alors, c'est pareil dans les éruptions effusives ?

Aurelio : Oui. Cela se manifeste par des éjections de lave régulières projetées à faible portée à l'extérieur du cratère, ou par des épanchements canalisés que sont les coulées de lave bien connues de tous. En tout cas, si un volcan n'a pas de ressentiments, il a l'équivalent, ce sont les gaz. Et en parvenant facilement à éjecter la matière, ils se libèrent aussi très vite et tout redevient calme pour un moment. Dans cette situation, il n'y a pas de réel danger.

Lucien : Tu garderas bien ce genre de théorie pour toi, Je ne suis pas sûr qu'Octavie goûte ce genre de comparaison.

Aurelio : T'inquiète pas. *Arpentant la pièce en se frottant les mains dans sa réflexion.* Pour l'instant, je me chauffe juste avec toi. A présent, modifions notre hypothèse de départ.

Lucien : Alors cela ne va pas être une hypothèse mais un fait. C'est bien la première fois qu'Octavie s'adresse à moi comme elle l'a fait jusqu'ici ce soir.

Aurelio : Je suis sincèrement désolé pour toi. J'espère qu'il te reste quelques cartouches pour renverser une situation qui paraît très mal engagée.

Lucien : Tu ne t'embarrasses pas trop avec moi. Plus aucun filtre hein ?

Aurelio : Je ne m'adresse pas à toi en tant qu'ami là, mais en tant que conseiller en affaires conjugales volcaniques. Avec ce que tu viens de me dire, Octavie n'était pas dans l'effusion de sarcasmes mais elle a été explosive. Ses ressentiments à ton égard, tu les découvres, mais elle les a enfouis peut-être des années durant. Elle les a refoulés, elle a posé symboliquement un couvercle dessus pour ne pas les voir ni leur donner de l'importance parce qu'avant tout, elle t'a toujours aimé. Tu peux lui en être reconnaissant, mais là, un point de non-retour a peut-être été franchi.

Lucien : Tu me fais peur là. C'est quoi le scénario de tes volcans explosifs ?

Aurelio : Les dégâts peuvent être considérables et dramatiques. Rappelle-toi Pompéi ou encore le Krakatoa d'où je reviens. Les gaz sont bloqués dans un magma épais et se retrouvent bloqués en dessous de cette chape de plomb. Ils s'accumulent au fil du temps, la pression est de plus en plus forte et tout d'un coup le couvercle ne peut plus les contenir et....

Lucien : Et....

Aurelio : *En criant et en mimant* : BOUM ! C'est l'explosion. Une explosion majeure.

Octavie : *Revenant précipitamment de la cuisine accompagnée de Louise.* Qu'est qui s'est passé ? Vous n'êtes pas bien de crier comme ça ? Vous nous avez flanqué une sacrée peur !

Lucien : Ne vous inquiétez pas. Aurelio me dispensait un cours sur la volcanologie. Vous pouvez retourner tranquillement à la cuisine.

Louise : Non c'est bon, nous avons terminé.

Octavie : Allez, vous êtes prêts ?

Lucien : Oui je prends les enveloppes.

Tous se réinstallent confortablement.

Octavie : Tiens Louise, ouvre la première.

Louise : Nous y voilà. *Elle commence à lire.* « Tout est une question de respect des règles, respect qui ne peut se concevoir si ces dernières n'ont pas été clairement édictées. J'ai employé le mot édicté et non énoncé. Vous avez bien saisi la nuance. Vous n'avez pas le choix, je n'y reviendrai pas.... »

Aurelio : A ce rythme-là, j'espère que vous n'avez rien de prévu aux aurores demain sinon cela va piquer.

Louise : « ....Toutefois, n'ayez pas peur de ce petit jeu car il ne repose que sur votre engagement à ne répondre qu'à une seule question ouverte. L'honnêteté sera donc la seule règle à respecter ».

Lucien : Je commence à me demander où cela va nous emmener ?

Aurelio : Eh bien tu as compris, pas très loin. C'est toi qui choisis de placer le curseur.

Lucien : Tu ne comprends pas ce que je dis ? S'il faut être engagés et honnêtes, jusqu'où allons-nous devoir nous livrer ?

Octavie : En somme un petit jeu dangereux d'après toi ?

Louise : Laissez-moi terminer d'abord. Vous avancez plus vite que la musique encore une fois.

Octavie : Notre cheffe d'orchestre a raison, gardons le bon tempo sinon nous allons encore nous perdre en conjectures.

Louise : C'est ça. Je poursuis. « …. Pour commencer à jouer, ouvrez à présent la seconde enveloppe ». Ok, je continue ?

Tous acquiescent. Elle commence à lire ce nouveau message.

Racontez-moi... un sentiment obsessionnel.

Livrez-le-moi !

Alors, qu'en pensez-vous ? Convenez que cela ne valait pas le coup d'en faire toute une histoire.
*Je vais juste décider de l'ordre des joueurs. Commençons avec **L**ouise, nous poursuivrons avec **O**ctavie, puis **L**ucien et enfin **A**urelio.*

A vous de jouer !

Aurelio : Tu parles d'un jeu. Normalement, ce concept intègre des attributs ludiques. L'auteur aurait pu au moins nous astreindre à un tour de dés pour fixer l'ordre de jouer. Le minimum syndical.

Lucien : Et je vous confirme ce que je vous disais il y a quelques instants. Pas certain que cela se termine bien et ma surprise après ça va faire un vrai flop. Personne n'en aura plus rien à faire.

Octavie : Lucien ! Tu ne vas pas remettre ça.

Louise : Ce n'est pas de chance que je doive commencer. Quelqu'un veut se lancer en premier ?

Aurelio : Non ça va. Tu voudrais déjà enfreindre la volonté d'on ne sait pas qui, te demandant d'ouvrir le bal ?

Louise : C'est que... c'est que ce genre de questions cela touche à l'intime. C'est un peu gênant.

Lucien : Bien sûr, c'est pour cela que l'on est dans la mouise Louise.

Octavie : Oh je vous en prie. Nous nous connaissons tous très très bien. Je ne vois pas ce que l'on risque à nous dévoiler un peu plus.

Aurelio : N'oublie pas quand même que nous ne sommes pas quatre ce soir. Il y a au moins une personne, invisible, qui s'est invitée malgré nous, qui nous épie, nous voit et nous entend.

Octavie : Apprivoisons-là, cette personne invisible. Elle pourrait juste

symboliser pour ce jeu, ce que l'on cache chacun dans notre placard ?
Si nous prenions tout ça du bon côté. Rebondissements, émotions et piquant sont peut-être bien une promesse de cet exercice imposé, si nous y consentons pleinement ? Encore une occasion de donner à cette soirée une tournure inattendue. Jouons cette parenthèse comme une chance. Positivons-la.

Aurelio : Tout à l'heure, tu en avais assez de tout ça, je ne comprends plus rien. Franchement, tu as envie de nous montrer ce que tu as planqué ? Personne n'a envie de ça. Qui peut souhaiter courir ce genre de risques ? Les choses cachées, elles ont toujours une bonne raison de l'être. *Un temps puis à Octavie et Lucien.* Regardez-moi bien, vous êtes sûrs que nous ne sommes pas en pleine téléréalité là ?

Octavie : Absolument.

Lucien : *Pas ravi du tout.* En tout cas, si cela tourne mal, je vous aurais prévenu.

Aurelio : Bon, si déjà il n'y a pas de caméras et des millions de regards obscènes. On reste à peu près, je précise bien, à peu près, dans notre propre cercle.

Louise : Allez, commençons. En ce qui me concerne, j'ai trouvé mon idée, je vous la livre et après, je vous passe le témoin. Je serai la première débarrassée. Si je dois répondre à cette question ? Mon obsession est un... souvenir.

Octavie : Un souvenir. Intéressant...

Louise : Un souvenir qui me hante.

Octavie : *Se muant peu à peu en animatrice.* Tu as vécu un évènement émotionnel violent ?

Louise : Violent ? Je peux le confirmer.

Octavie : Oh mince Louise, si tu as été confronté à un drame intime et que tu n'en as jamais parlé, tu n'es pas obligée. Tu es au courant Aurelio ?

Aurelio : Non. J'ignore de quoi elle veut parler.

Louise : Ah non, ce n'est pas ça. Je disais violent dans le sens de quelque chose de nouveau et d'intense, aux conséquences que tu n'avais pas imaginées. Quelque chose de positif.

Aurelio : « Quelque chose ». Tu n'as que cette expression à la bouche. Et si tu la définissais cette chose, que l'on avance un peu là.

Octavie : *Plaisantant.* Ce « quelque chose ». C'est ta rencontre avec Aurelio. Je me trompe ?

Louise : Oui tu te trompes. Ma rencontre avec Aurelio a été certes un évènement.... Mais qui est loin d'être planqué au fond de mon placard personnel... *un temps.* Non ce souvenir, c'est celui d'une émotion que je suis parvenue à transmettre. J'ai découvert que je possédais en moi un super pouvoir. Un super pouvoir qui m'a rendue heureuse. Je l'ai vécu lors de mon premier concert en tant que soliste. Je me souviens, c'était un air, « Le Ballet des ombres heureuses ». (*Air de Gluck*) Des notes qui s'élèvent mais qui ne s'envolent pas. Elles sont là, vous enveloppent puis soudain viennent pénétrer votre corps par tous ses pores pour atteindre votre cœur, votre tête. Votre cœur et votre cerveau ne font plus qu'un, votre corps en entier ne fait plus qu'un. Vous pensiez que cela allait de soi mais vous le ressentez seulement à cet instant.

On entend monter doucement la musique, l'air de Gluck interprété par un violon solo. La lumière se tamise. On voit Louise saisir son violon et rester immobile, rejointe doucement par Octavie qui poursuit. La musique s'estompe doucement.

Octavie : *Emue.* C'est vrai, j'ai eu ce sentiment incroyable en venant à ce premier concert. Ta posture, tes gestes, leur précision, la sensibilité des notes qui émanaient de ton violon m'avaient complètement bouleversée. Tu n'étais plus seulement Louise. Notre Louise, mais une Louise que je ne connaissais pas, qui s'était emparée du public en l'invitant à un voyage intérieur. Tu as ouvert une porte cachée au fond de moi-même d'où se sont échappées mes émotions les plus enfouies, sans ne plus pouvoir les contrôler. Cette porte aura fini par céder aux coups de boutoir de tes vibratos sur les notes appuyées. Ce soir-là je me souviens m'être demandée, derrière l'admiration que tu m'avais inspirée comment tu avais pu prendre le pouvoir sur tout mon être, sans que je ne puisse y opposer aucune résistance. Accéder à moi-même par cette musique m'avait permis de ne pas t'en vouloir d'avoir disposé ainsi de moi.

Louise : Tu as bien exprimé l'intensité des émotions que ce jour-là et en tellement d'autres occasions, j'ai eu le pouvoir de provoquer. En tant que soliste, ce que tu envoies au public, il te revient comme un boomerang. Tu as l'impression de faire corps avec l'univers en entier, emporté par tes notes de musique pour aéronef.

Lucien : J'en ai la chair de poule en y repensant, moi aussi j'ai vécu cette expérience.

Octavie : Comment ça, tu n'y étais pas à ce concert, tu avais gardé les enfants.

Lucien : *Soudain gêné.* Je n'y étais peut-être pas à ce concert, mais durant toutes ces années il y en a eu d'autres. C'est que ta mémoire te joue des tours.

Octavie : Ouais..... Franchement je ne crois pas, mais si tu le dis. Et toi Louise, ce qui m'étonne après ce que tu viens de nous décrire, c'est que tu as toujours semblé très à l'aise dans la vie normale.

Louise : C'est vrai, la vie normale me comble aussi.

Octavie : Je ne sais pas comment tu fais. C'est comme si le soir tu prenais une dose incroyable de stupéfiants qui t'envoyait dans les étoiles et que tu rentrais t'éclater à changer les couches de tes gosses juste après.

Louise : Sauf qu'il ne s'agit pas d'abandonner son corps et son âme à de quelconques substances hallucinogènes. Au contraire, c'est dans la vie normale que tu te remplis du beau qui se révèle dans l'infiniment petit, dans l'anecdotique. Des petites choses que tu vas pouvoir magnifier, faire grandir jusqu'aux rêves dans lesquels nous pouvons tous nous retrouver au moment où je les offre au public. Et cela grâce à ta conscience, à ta sensibilité et à ton travail sans relâche.

Octavie : *Sur le ton de l'humour.* Quand j'entends cela, je me demande ce que j'ai pu fabriquer toutes ces années, et toi Lucien, t'es carrément resté enfermé à la cave. Même pas de quoi nous tirer vers le haut et me permettre de m'élever à tes côtés.

Aurelio : *En aparté à Lucien.* Tu vois ce que je te disais Lucien, ce sont ses gaz, la chambre magmatique ne s'est pas encore purgée de tous ses ressentiments. J'espère qu'elle va se vider rapidement, sinon, t'es pas sorti de l'auberge.

Lucien : Merci, c'est très aimable de ta part.

Octavie : Qu'est-ce qui est très aimable de sa part ? Cela ne vous dérangerait pas trop de nous faire partager vos petites conversations ? Cela doit être très intéressant. En plus, c'est pas super sympa pour Louise qui est en train de nous dévoiler un peu de son intimité.

Aurelio : *Se raclant la gorge.* Nous n'étions pas en train de changer de sujet tous les deux. C'était juste un petit aparté insignifiant. D'ailleurs, si je peux me permettre, ma chère Louise, tu n'as pas tout à fait répondu à la question. Pourquoi ton super pouvoir t'inspire un sentiment obsessionnel ? On ne peut être obsédé par ce que l'on a déjà non ?

Louise : Tu as raison, Aurelio. Mais je pensais que vous vous contenteriez de cela. C'est déjà pas mal. Dis-toi simplement que ce qui pourrait m'obséder, c'est de perdre ce don que l'on m'a offert.

Aurelio : *Volontairement incisif.* Tu parles au conditionnel. C'est qu'il y a autre chose. Tu dois jouer le jeu de l'honnêteté Louise. C'est la seule règle du jeu qui nous a été imposée.

Louise : Mais tu me cherches ou quoi ? T'avais pas envie de te plier à cet exercice et maintenant tu veux nous y entraîner. Je dis « nous », parce que si je vais plus loin dans les confidences, je ne me contenterai pas d'une quelconque superficialité de ta part quand viendra ton tour.

Lucien : Voilà. Qu'est-ce que je vous avais dit. On y est !

Louise : Tu as raison Lucien, on y est. A partir de là, cette soirée devient un saut dans le vide.

Octavie : Enfin Louise, qu'est-ce que tu crains, t'as planqué une bombe atomique dans un coin de ton cerveau ?

Louise : Moi non, j'ai seulement une partie de cette bombe. Nous avons tous atteint un âge qui au lieu de nous apporter de la sagesse, exacerbe les sentiments humains en nous poussant à retrouver une part de notre jeunesse qui nous abandonne. Je ne parle pas seulement de moi, mais de nous tous, ne soyons pas naïfs. Ce qui veut dire que vous aussi, vous avez en vous les autres parties de cette bombe. Et si nous les rassemblons ce soir…

Lucien : *La coupant.* BOUM. Cela va nous péter à la figure.

Octavie : *Sursautant.* Encore ? Ça les reprend. Mais qu'est-ce qu'ils ont à crier comme ça ce soir.

Louise : Soyons donc sincères jusqu'au bout, lâchons prise. Vous comme moi. *A* *cet instant, elle croise le regard de Lucien qui semble la supplier de ne pas aller plus loin.*

Aurelio : Je suis bien curieux de ce que tu vas nous avouer.

Louise : Cette obsession que je vis au quotidien, ce n'est pas de perdre mon super pouvoir parce qu'il s'est déjà en partie évaporé. La succession des concerts a mis un terme à la magie des premières fois.

Octavie : Ne dis pas de bêtises. A chacune de tes prestations, les critiques sont unanimes. Le public est touché.

Louise : Oui mais pas moi. Je suis devenue petit à petit une machine. Je touche toujours le public certes, mais le boomerang s'est cassé. Ce que j'ai envoyé ne me revient plus en retour. Je ne le ressens plus. Lorsque je monte sur la scène, je joue d'une manière professionnelle et mécanique. Ces instants se sont banalisés comme si je passais par la pointeuse en quittant ma loge.

Octavie : Cela te fait un point commun avec mon facteur de Lucien. *Il lève encore les yeux au ciel. Aurelio lui fait comprendre par gestes toute la pertinence de sa théorie volcanique.*

Louise : Je ne peux pas imaginer continuer comme ça. Je me suis posée bien des questions mais je sais aujourd'hui que je veux retrouver l'émotion de mes premiers concerts, sentir l'autre en lui offrant ma sensibilité.

Aurelio : Je ne vois rien de bien méchant à ça, c'est légitime. Je ne comprends pas pourquoi tu es si gênée. Tout ça pour ça ?

Louise : Pourquoi ça me gêne ? Je n'ai jamais fait de compromis avec la vie. Alors comment revivre cela ? J'ai abordée cette question à la manière d'une chercheuse. Il fallait que je tente une nouvelle expérience musicale dans laquelle je puisse à nouveau m'engager, me mettre en danger.

Octavie : En t'écoutant, je comprends que tu as cherché, tu as trouvé, et tu es passée à l'acte, si je peux le formuler comme ça.

Aurelio : Et qu'est-ce qui est sorti de ton violon magique ?

Louise : Vous êtes assis ? J'ai eu besoin d'une expérience plus intime que celle des grandes salles. Que je puisse personnifier le public en un seul être, si proche de moi que je puisse capter dans son regard et dans son corps l'afflux de ses émotions. En somme, jouer pour un seul fauteuil, une seule et unique personne.

Aurelio : Ok d'accord. Enfin excuse-moi mais tu as un tel talent... Je ne vois pas où tu t'es retrouvée en danger.

Louise : Sauf à transformer ton salon en salle de concert où lorsque la lumière du jour se fait plus douce, tu prends ton violon à cœur ouvert, nue.

C'est la stupéfaction générale.

Octavie : Comment ça nue ? Entièrement ?

Louise : Entièrement

Aurelio : Et dans mon salon ?

Louise : Dans notre salon

Un silence un peu pesant se fait alors sentir à cet instant.

Aurelio : Mais, mais, c'est une idée.... C'est une idée complètement stupide !

Octavie : Ah ça oui ! Non mais j'y crois pas. Mais qu'est-ce qui a mal fonctionné pour qu'à un moment donné, une telle idée puisse germer dans la tête d'une femme saine d'esprit ?

Aurelio : Et t'as fait payer l'entrée à celui qui s'est rincé l'œil ? Ah tu as dû le voir bouleversé le bougre ? La prochaine étape c'est quoi ? T'es en train de revisiter le concept de la maison close chez nous ?

Louise : Détrompe-toi Aurelio, il s'agit de tout autre chose qu'une exhibition, hormis musicale. Ce que j'ai offert à mon spectateur, c'est juste une vérité, celle de ses sens sollicités ensemble : Voir et écouter, en se voyant offrir un spectacle brut et primitif, originel.

Aurelio : Voir et écouter. C'est ça. Et toucher aussi pendant que tu y es !

Louise : Réaction typique et réductrice d'un mâle qui devrait ouvrir un peu son esprit. En tant que scientifique, tu devrais louer le mien. J'ai tenté d'aborder mon sujet avec un regard nouveau.

Aurelio : Ne sois pas ridicule, lorsque que je chercherai à connaître l'emplacement de la prochaine coulée de lave à l'Etna, je me foutrai à poil au bord du cratère un peu avant, et alors tout s'illuminera pour moi. Hein ? Pendant que tu y es ! *A lui-même.* Cela me fera surtout chaud je sais où, et ça ne fait pas rêver.

Octavie : Je veux bien essayer de comprendre moi. Tu dis rien toi Lucien ?

Lucien très gêné, se terre dans le silence.

Louise : J'aurai pu reproduire les conditions classiques d'un concert à la maison. Tu crées déjà une forme de relation intime. Mais j'ai déjà connu de telles expériences au cours de répétitions.

Octavie : Tu as donc décidé d'enlever tes vêtements.

Louise : Pas seulement, j'ai aussi demandé à mon spectateur de faire la même chose avant de s'asseoir.

Aurelio : Non mais alors là, je reste sans voix ! Vous voyez, le problème, lorsqu'on est engagé dans une voie stupide, tous les choix que l'on fait derrière le sont encore davantage. On plonge dans un monde parallèle.

Octavie : C'est vrai, excuse-moi, les images que j'ai en tête là, cela m'inspire surtout un jeu entre exhibitionnistes.

Louise : C'est tout le contraire. Lorsque tu vas à un concert, tu arrives sur scène avec un costume, souvent très évocateur. Plutôt très aéré pour laisser deviner la longueur de tes jambes, une taille avenante, les premiers contours amorçant l'un de tes seins. Et dans le public, tous ont en commun un smoking, un tailleur ou une robe qui nous imposent le paraître plutôt que l'être. Comme tout le monde se ressemble et bien on s'observe pour trouver ce qui fait la particularité de l'autre. On se scrute dans cet univers de la suggestion de ce que l'on ne peut pas voir, de ce que l'on nous dévoile sans le montrer. Du coup, on le fantasme. C'est là que se trouve le voyeurisme. Et moi sur scène, je fais l'objet de ce type d'attentions, ce qui éloigne certains des émotions musicales qui leur sont données à ressentir. De cette manière, je ne capte pas grand-chose d'eux en retour.

Octavie : Et le résultat ? Tu as retrouvé ton super pouvoir ?

Louise : Figure-toi que oui. Chaque centimètre de la peau est ouvert pour recevoir l'expression sensible de l'œuvre jouée. Pour toi qui l'exécutes, pour lui qui l'écoute. Il n'y a pas de jugement sur les corps. Chaque mouvement du mien dirige l'attention de l'autre non pas vers moi mais vers les notes qui en émanent. Cela aura été une expérience incroyable.

Aurelio : Tu as fait ça juste une fois, ou les places s'arrachent déjà au marché noir ?

Louise : Très drôle ! Une fois, c'était juste un test.

Octavie : Et cela s'est terminé comment ? Tu n'as pas crains que « ton homme public » envahisse la scène et …?

Louise : …J'ai pensé à ça. J'ai demandé à quelqu'un de venir. Une personne que je connaissais et en qui je pouvais avoir confiance. Je savais qu'une fois dénudé lui aussi, nous nous retrouverions comme deux inconnus, mais en ne risquant rien.

Aurelio : Bien sûr, inutile de te demander qui a été l'heureux veinard de cette expérience.

Louise : Absolument inutile. Vous voyez, on ne pouvait pas faire mieux comme entrée en matière. Ce qu'il y avait dans ma boite à secret, Aurelio, je vois bien que tu ne l'aimes pas trop, mais je suis sûre que tu vas finir par me comprendre.

Aurelio : Tu fais ce que tu veux de ta vie, mais je crois surtout que tu aurais pu éviter de déballer ça devant nos amis.

Louise : Génial, je comprends que c'est surtout ta fierté qui est atteinte là. Tu veux que je te rappelle que l'on a décidé justement de se plier à ce supposé jeu et de prendre au sérieux notre manipulateur ? Sois honnête. Moi je l'ai été malgré toutes mes réticences... que tu as balayées d'un revers de la main. Tant pis si cela te revient en pleine figure, je n'en suis pas la seule responsable.

Octavie : Je suis désolé d'avoir franchi une porte pour entrer dans un endroit où ne devions pas être. Je ne sais pas quoi penser, tu m'as tellement surprise. Pour être franche, je ne sais pas si tu as le crâne complètement fêlé ou si je ne n'ai pas envie de réserver une place pour la prochaine représentation.

Aurelio : Tu t'y mets aussi Octavie ? Oh non épargnez-moi ça s'il vous plait.

Lucien: Je suis d'accord avec Aurelio. Allez, à toi de prendre le relais ma chérie.

Octavie : Ma chérie ? Tu me fais une transition idéale.

Lucien: Ah bon ?

Octavie : Oui parce que c'est toi qui est au cœur de mes obsessions. *A Aurelio et Louise.* Je vous rassure, je ne vais pas avoir besoin de vous faire de grands discours, c'est très simple.

Lucien: Comment ça je suis au cœur de tes obsessions ?

Octavie : Cela fait combien de temps que nous vivons ensemble Lucien ?

Lucien: Vingt-cinq ans.

Octavie : Et à quand remonte le prix littéraire qui t'a consacré parmi les meilleurs écrivains de l'année ?

Lucien: Je dirais vingt ans. Mais pourquoi ces questions ?

Octavie : Contente-toi de me répondre Lucien. A quand remonte la sortie de ton dernier livre ?

Lucien: Vingt ans.

Octavie : Cela fait longtemps Lucien, très Longtemps.

Lucien : ....

Octavie : Tu ne trouves rien de bizarre ? J'ai épousé un écrivain célèbre et je vis avec un facteur.

Lucien : Je m'efforce de contribuer à l'équilibre de notre foyer.

Octavie : Ce qui ne sonne pas juste là, c'est que l'écrivain et le facteur auraient pu être deux personnes différentes. Mais je n'ai même pas eu besoin d'aller refaire ma vie ailleurs pour vivre avec un autre homme.

Lucien : Où veux-tu en venir Octavie ?

Octavie : Là où je veux en venir ? C'est que le Lucien d'il y a vingt ans, c'est celui que j'ai choisi. Pas l'autre là, je veux dire le facteur. Je n'ai rien contre les facteurs, mais pas toi Lucien. Je t'ai admiré, ce n'est que comme cela que je peux aimer. Mais tu as démissionné de ta vie, de notre propre vie.

Lucien : Tu m'en veux on dirait.

Octavie : Oh oui je t'en veux. Je t'en veux de m'avoir entraînée avec toi dans la médiocrité. Je t'en veux parce que depuis tout ce temps, j'y ai toujours cru, j'ai vu des raisons d'espérer. Je te suis restée fidèle. Mais j'ai compris à présent que j'avais perdu beaucoup de temps, pour rien. Et je suis perdue.

Lucien : Et si tu retrouvais le moteur de ton amour d'il y a vingt ans ? L'homme que tu as admiré, tu l'aimerais à nouveau ?

Octavie : *Emue et dans la retenue des larmes qui surviennent.* C'est de la science-fiction Lucien. A quoi bon. Et je ne sais pas du tout ce qui va se passer maintenant. Pour nous je veux dire. Je me sens si fatiguée.

Lucien : Oh ma chère Octavie. Mais c'est toi qui m'offre à présent l'occasion de prendre la main.

Octavie : Que veux-tu dire ?

Lucien : *A Aurelio et à Louise.* On ne vous dérange pas trop là ?

Louise : Oh non, pas du tout. Cela nous repose un peu. A côté de nous, vous êtes mignons tous les deux ! *Aurelio lève les bras au ciel et fait signe de continuer.*

Lucien : Eh bien, je viens de comprendre le lien entre nos deux sentiments obsessionnels.

Octavie : C'est quoi le tien ?

Lucien : Si toi c'est l'admiration, moi c'est l'inspiration Octavie, l'inspiration. Celle qui m'a trop longtemps abandonnée.

Octavie : Au moins, tu en as conscience. Si c'est une bonne chose, cela ne t'a pas empêché de demeurer stérile.

Lucien : Je n'ai pas eu le choix. Oui après ce prix littéraire, j'ai eu du mal à gérer ma nouvelle notoriété. Surtout cette pression de l'après qui a fait que la page blanche est restée aussi vierge que n'importe quelle face infranchissable de l'Himalaya. Alors je me suis réfugié dans notre quotidien. Dans l'amour et le temps donné à nos enfants alors que tu menais une vie de courant d'air. Il a bien fallu trouver un travail et un point d'équilibre qui me permette d'assurer la vie de notre famille. Et je ne désirais rien d'autre de plus que cela.

Octavie : Maintenant c'est de ma faute !

Lucien : Non Octavie, non ce n'est pas ta faute. Ce n'est pas la mienne non plus. J'ai bien vu que tu fuyais vers cette autre vie que tu t'étais choisie, celle de journaliste. Elle a pris toute la place, parce que la nôtre était vacante. Chacun fait ce qu'il peut. C'est comme ça.

Octavie : On fait quoi à présent ?

Aurelio : A présent tu as compris Lucien, tu as compris dans quel mécanisme volcanique tu t'étais fourré. Alors si tu as une botte secrète, c'est maintenant que tu dois la sortir sinon t'es foutu mon pauvre gars.

Louise : Qu'est-ce qui te prend Aurelio, quel rapport avec les volcans ?

Octavie : Et cette botte secrète dont il parle, c'est quoi ? Que manigancez-vous tous les deux ?

Lucien : Rien. Rien du tout. Mais j'ai bien une botte secrète Aurelio. Ecoute-moi Octavie, j'ai retrouvé l'inspiration !

Octavie : Quoi ? *Un temps.* Mais comment ?

Lucien : Je suis parti à sa recherche.

Octavie : Et tu l'as trouvée où ?

Lucien : J'ai vécu une expérience, j'ai reçu un choc émotionnel sans précédent qui m'a fait redécouvrir qui j'étais vraiment. *Lucien lance un regard autant appuyé que furtif en direction de Louise qui gênée se détourne. Ce qui n'échappe pas à Octavie. Un temps.*

Lucien : Je ne t'ai rien dit jusqu'à présent mais la voilà ma surprise. Finalement elle va tomber au meilleur moment de la soirée. *Il se lève et va chercher dans un sac un ouvrage qu'il lui tend.* Mon dernier livre, il n'a pas vingt ans il sort le mois prochain. Je ne peux pas te promettre que ce soit le nouveau Goncourt, mais il parait qu'il est promis à une belle reconnaissance. Mon rendez-vous à 17h c'était chez mon éditeur pour en retirer un exemplaire en avant-première. Il est pour toi, je voulais te l'offrir devant nos témoins, nos amis.

Octavie le prend, reste interdite, regarde tour à tour Aurelio, et Louise tout sourire puis Lucien à nouveau.

Octavie : Comment c'est possible, nous vivons dans la même maison et je n'ai rien vu.

Lucien : J'ai tout fait pour. Je voulais te mettre à l'abri d'une déception si je ne n'aboutissais pas dans ce nouveau projet.

Aurelio : Alors là, cette botte secrète, c'est la classe mondiale.

Octavie : T'étais au courant Louise ? Parce-que ne crois pas que je n'ai pas compris ce qui se cachait derrière vos échanges de regards.

Louise : Oui je l'étais. Je peux te promettre qu'il ne s'est rien passé entre nous Octavie.

Octavie : Je ne sais pas ce que je dois penser là. Je te crois honnête Louise. Mais qu'une autre femme que moi ait rendu l'inspiration à l'homme que j'aime en jouant nue du violon devant lui, c'est comment dire, c'est douloureux....

Aurelio : Ah ça suffit maintenant ! Je ne veux pas voir l'image.

Lucien : Alors Octavie, ai-je au moins une chance de regagner ton admiration ?

Octavie : Je crois... je crois que oui. Il faut que tu me laisses le temps de lire cet ouvrage, qu'il m'impressionne. Et surtout, que tu n'attendes pas les vingt prochaines années avant de te remettre au travail. Sinon, je t'arracherai les yeux. Un par un. Et tout le reste après.

Lucien : Ouf, le suivant est en route.

Octavie : Tu ne dois plus rien me cacher. Et la prochaine fois que tu auras besoin d'un choc émotionnel, tu as intérêt à m'en parler, à me laisser une chance. Tu n'imagines même pas à quel point je pourrais être créative, juste pour toi.

Elle se lève et va le serrer dans ses bras. Aurelio et Louise les applaudissent et vont les rejoindre.

Octavie : Louise, t'es gentille, ne t'approche pas trop près quand même de lui. Je pourrais te faire très mal tu sais.

Aurelio : Alors là, mon pote Lucien. Je suis fier de toi, même si tu en as fait de belles pendant que j'étais absent. Ceci étant dit, au point où nous en sommes dans le partage de nos petits secrets, j'ai peur de plomber un peu l'ambiance.

Octavie : Pourquoi ?

Louise se tient soudainement sur ses gardes.

Aurelio: C'est à moi maintenant de me plier à l'exercice si j'ai bien compris. Louise, tu tiens toujours au langage de l'honnêteté, ici et maintenant ?

Louise : Oui, comme nous venons tous de le faire.

Aurelio: Alors tu ne vas pas du tout aimer ce que je vais te dire et je ne voulais pas parler de cela ce soir. Mon obsession à moi a un prénom, Alessia.

Louise : Que dis-tu ?

Aurelio: Je vais te quitter Louise.

Octavie et Lucien restent interdits

Louise : Octavie, je sais que le livre de Lucien ne sortira que le mois prochain, tu pourras me le prêter en attendant ?

Aurelio: *Insistant.* Tu ne veux pas m'écouter mais je te le redis, Je vais te quitter Louise.

Louise : Bien sûr, je te le laisse lire avant. C'est bien normal, même si je suis un peu impatiente.

Aurelio: *Posant ses deux mains sur le visage de Louise.* Maintenant ça suffit. Tu vas m'écouter.

Louise : *Se dégageant vivement et le giflant.* J'ai bien compris, je ne suis pas sourde.

Aurelio: Louise, cette situation est difficile pour moi aussi. Je n'ai jamais aimé quelqu'un comme toi. Je t'aime encore de toutes mes forces, je t'admire. J'admire ta liberté, ta sensibilité, ton indépendance, ta générosité envers moi à chaque fois que je reviens de mission. Je veux garder tout cela en moi.

Louise : T'es un grand malade ! Tu veux me faire à présent une déclaration d'amour pour me dire que tu vas rejoindre le lit d'une pétasse ?

Aurelio: Ne parle pas d'elle comme cela. Tu ne la connais pas.

Louise : Mais il est tombé amoureux ce con. Je t'ai toujours dit que nous pouvions nous permettre des écarts en étant si longtemps loin l'un de l'autre. Mais on s'est toujours promis de ne pas tomber amoureux.

Aurelio: Tais-toi Louise, cela ne regarde personne d'autre que nous. Tu n'as pas le droit.

Louise : Si je veux. D'ailleurs pour ta gouverne, je te suis restée fidèle, tout le temps. Je t'ai toujours attendu en ne pensant qu'à toi.

Aurelio: Après toutes ces années, je peux te dire que moi aussi je n'ai toujours été qu'à toi. Jusqu'à ce voyage en Indonésie.

Octavie: *Gênée.* Vous... Vous voulez que l'on vous laisse discuter tous les deux ? Nous pouvons aller un moment dans la cuisine si vous voulez.

Louise : Sûrement pas, nous avons été les témoins de vos retrouvailles, vous serez ceux de notre rupture.

Aurelio: Essaie au moins d'écouter ce que j'ai à te dire.

Louise : Qu'est-ce que j'ai besoin de savoir de plus à ton avis ? Qu'elle a quelque chose que je n'ai pas ? Vas-y essaie toujours.

Aurelio: Non il ne te manque rien à toi. C'est juste que j'ai un besoin immense de sentir battre mon cœur comme la première fois, comme lorsque je t'ai rencontrée. Me sentir en danger, avoir peur, mais aussi me sentir jeune, avoir la possibilité de construire un avenir, de plaire, de n'avoir en tête que le moment où je pourrai la retrouver, espérer qu'elle ne me rejettera pas.

Louise : Ce n'est que la crise de la cinquantaine pauvre con. Et elle aussi elle est en train de foutre une famille en l'air quelque part ?

Aurelio: Alessia n'est pas mariée.

Louise : Essaie au moins de ne pas l'appeler par son prénom devant moi.

Aurelio: Elle n'est pas mariée parce qu'elle a terminé ses études il y a seulement trois ans. Elle travaille pour l'institut italien de la volcanologie. Nous nous sommes rencontrés au cours d'une mission au Stromboli avant de nous retrouver sur le Krakatoa.

Louise : Génial. Le cliché total. Il se barre avec une gamine !

Aurelio: Tu peux me juger, mais je veux absolument laisser une chance à cet amour naissant. J'aurais tellement voulu que tu comprennes la chance que j'aie de pouvoir revivre cet émoi, encore une fois une toute petite fois. Même si je ne pourrai jamais te désaimer.

Louise : Tu veux que je te bénisse pour que t'ailles t'éclater avec une pouffe ? T'es complètement mûr ou quoi ! Et elle, elle est au courant de ce qui l'attend quand encore jeune elle verra s'endormir à côté d'elle un vieux machin rabougri ? Tu as pensé aussi à son avenir ? Qu'imagines-tu pouvoir construire ? Tu ne pouvais pas juste prendre ton pied ? Je te l'ai toujours dit que ça je pourrais l'accepter.

Aurelio: Tu as peut-être raison, mais l'inconnu reste toujours un risque à courir. Tu vois bien que ce ne sera pas lorsque nous serons réduits en cendre que nous pourrons nous demander si nous devons prendre des risques pour enchanter notre vie.

Louise : Tu ne viendras pas pleurer devant ma porte lorsqu'elle t'aura jeté pour un beau mâle plus jeune de 25 ans. Maintenant ça suffit. Tu voulais que je t'écoute... Je t'ai accordé une oreille. Barre-toi !

Aurelio: Non Louise, je t'en prie, je ne veux pas que cela se passe comme cela.

Louise : Je ne veux plus te voir. Barre toi je te dis. *Elle lui lance les coussins du canapé puis s'assoit et se met à pleurer. Aurelio fait quelques pas de recul mais ne part pas. Après avoir été surpris par les révélations d'Aurelio à Louise et comprenant leur souffrance réciproque, Lucien et Octavie viennent calmement auprès d'eux en les entourant avec affection.*

NOIR

Musique
Chanson « L-O-V-E » de Nat King Cole

Epilogue

Changement de décor. Nous nous retrouvons dans le cabinet d'un thérapeute. A gauche, la salle d'attente et le bureau de la secrétaire. A droite, le cabinet du thérapeute avec une chaise et un divan.

Dans la salle d'attente se trouve M. Garnier. Entre une autre patiente, Mme Arnaud. La secrétaire est assise à son bureau et se charge de l'accueil des patients. De l'autre côté de la scène, le thérapeute est assis à côté d'un divan où se trouve Lola.

Dans la salle d'attente.

Mme Arnaud : Bonjour.

M. Garnier : Bonjour madame.

La secrétaire : Bonjour madame Arnaud.

Mme Arnaud : *A M. Garnier.* Mais… Monsieur ? Il ne vous a pas encore reçu ? Il était déjà en retard la semaine dernière !

La secrétaire : Oui. Monsieur Vincent a encore pris plus de temps dans ses consultations aujourd'hui.

Mme Arnaud : A M. Garnier. Et vous monsieur, cela fait longtemps que vous attentez ?

M. Garnier : Trois quart d'heure.

Mme Arnaud : Oh c'est pas vrai. Dites madame, vous avez mon téléphone, vous auriez pu me prévenir, je serais venue plus tard. En plus, il n'y a rien à faire dans ce trou à rats. D'ailleurs en parlant de ça, vous devriez penser à vous rapprocher du centre-ville, l'arrêt de bus est à 20 minutes, vous vous rendez compte ?

La secrétaire : Vous pourrez en parler à monsieur Vincent tout à l'heure madame Garnier. En attendant, s'il vous plaît, restez calme et retournez-vous rasseoir. J'ai du travail.

Mme Arnaud se renfrogne et va s'asseoir.

Dans le cabinet du thérapeute.

M. Vincent : Comment vous sentez-vous madame Chauvet ?

Lola : J'aimerai mieux que vous m'appeliez Lola s'il vous plaît.

M. Vincent : Oui madame Chauvet. Mais pas dans le cadre de nos séances.

Lola : Dommage.

M. Vincent : A la fin de votre thérapie. Peut-être...

Lola : Oui ? Vous savez, vous me manquerez beaucoup monsieur Vincent lorsque tout cela sera terminé.

M. Vincent : *Se raclant la gorge.* Hum hum... Ecoutez madame Chauvet, revenons à notre séance si vous le voulez bien. Comment vous sentez-vous à présent ?

Lola : J'ai l'impression que les volets de la pièce sombre où je me trouvais se sont subitement ouverts. Les fenêtres aussi. Un air vivifiant, chargé des odeurs du printemps a saisi tous mes sens. Et la lumière, quelle lumière ! Je n'ai jamais rien vécu de tel. Vous comprenez cela ?

M. Vincent : Quelque chose de nouveau est intervenu dans votre vie ?

Lola : Lors de mon dernier rendez-vous à l'hôpital. J'ai appris, *reprenant une grande bouffée d'air.* J'ai appris que je vivais sans doute une rémission. Même si la douleur devenait plus supportable depuis quelque temps, j'étais loin d'en comprendre la raison.

M. Vincent : C'est vrai ?

Lola : Oui, c'est incroyable. Vous le savez, cela fait maintenant deux ans que je prends un traitement expérimental. Eh bien le spécialiste qui me suit m'a dit que l'on voyait dans mes dernières analyses des données inhabituelles, qui indiquait un recul de la maladie.

M. Vincent : C'est une excellente nouvelle !

Lola : Bien sûr, je vais devoir faire d'autres examens. En tout cas, être enfermée depuis ma naissance dans l'antichambre de la mort... et apprendre ce genre de nouvelle, je n'y étais pas du tout préparée.

M. Vincent : Je vous comprends.

Lola : Ça été un vrai choc. J'arrivais à peine à réaliser ce qu'on était en train de m'expliquer. Vous vous rendez compte ? Personne n'a jamais vécu plus de trente ans avec cette maladie qui est la mienne.

M. Vincent : Oui bien sûr, nous savons cela tous les deux. Et... cela vous a inspiré quoi lorsque vous l'avez appris ?

Lola : Un saut dans le vide

M. Vincent : Dans le vide ? Vous voulez dire.... dans l'inconnu ?

Lola : Lorsque vous avez toujours rêvé de quelque chose qui vous est interdit et que soudain sans y être préparée, on vous l'offre, vous êtes troublée, déstabilisée.

M. Vincent : Vous pourriez préciser cela ?

Lola : J'ai été submergée par des émotions contraires, l'excitation, la joie et la peur, oui la peur de ne pas savoir, de ne pas y arriver, la peur de vivre je veux dire.

M. Vincent : Vous vous sentez sous pression ?

Lola : Plus maintenant. J'ai pris l'initiative de sonder en moi tout ce qui pourrait me projeter vers l'avenir.

M. Vincent : Une introspection ? C'est-à-dire ? *Un temps*. Racontez-moi vous le voulez bien ?

Lola : **L**ouise, **O**ctavie, **L**ucien, **A**urelio, tous ces personnages, et cette histoire que je viens de vous raconter sur ce divan, eh bien ... Ils sont le fruit de mon introspection.

M. Vincent : Oui ?

Lola : Oui, en les créant, en leur donnant corps et en les poussant dans leurs retranchements, j'ai cherché à recueillir le fruit de leurs expériences de la vie, fictives certes, mais comme si je les avais vécues moi-même.

M. Vincent : J'ai vraiment cru que vous vous étiez joué de moi, ou plutôt de vous durant cette séance, pour ne pas avoir à parler de vous. Que vous aviez fait le choix de raconter une histoire que vous aviez entendue. Je vous avoue que je m'interrogeais sérieusement sur le sens de vos propos.

Lola : J'ai même imaginé un ami pour témoin, sous la forme d'un public que j'ai pris par la main, afin qu'il m'accompagne et me conforte dans ma quête.

M. Vincent : Et pour en revenir à vos personnages alors, qu'avez-vous découvert en eux ?

Lola : Tout ce que j'avais en moi. Sans aucun jugement. Je suis à la fois **L**ouise, **O**ctavie, **L**ucien et **A**urelio.

M. Vincent : Intéressant.

Lola : **L**ouise est si touchante et généreuse. Elle est l'incarnation de l'amour. Pas celui qui est donné mais celui qui se partage. Comme **L**ouise, j'ai un talent, j'en suis certaine et je vais le découvrir. Comme elle, je désirerai alors plus que tout l'offrir et recevoir en retour l'émotion qu'il aura provoquée.

M. Vincent : *Soudain semblant un peu personnellement intéressé.* Ah bon, vous avez en vous le talent de Louise alors ? Celui d'exprimer votre art... *se raclant la gorge,* euh comment dire... nue ?

Lola : *Esquissant un sourire non gêné.* Comme vous y allez monsieur Vincent. C'était une image. Etre nue pour figurer se mettre à nu. Cela vous parle ?

M. Vincent : *Embarrassé.* Vous avez raison, veuillez m'excuser. Je suis bien curieux. Bon... voilà voilà..... Et si vous me parliez d'Octavie ?

Lola : Volontiers. Je suis **O**ctavie et sa soif d'admiration. **O**ctavie m'a émue, sa méchanceté apparente ne me ressemble pas, mais j'ai compris que ses propos malveillants envers **L**ucien n'étaient que le reflet de la souffrance d'un amour perdu. Quelque chose mourait tout doucement en elle. Et puis, soudain, elle aura été sauvée par la renaissance inattendue de celui qu'elle n'attendait plus. Vous imaginez ce qu'elle a pu ressentir à ce moment-là ? Se voir soudainement extrait du néant dans lequel elle s'enfonçait inexorablement ? C'est exactement ce que je suis en train de vivre.

M. Vincent : Bien, et le troisième personnage de votre histoire ?

Lola : **L**ucien ! Alors Lui ! Il est la bienveillance incarnée certes, mais il a trop vite abandonné la partie. Il a renoncé devant le mur sans avoir même tenté de le gravir. Que serait-il advenu de lui et d'Octavie sans un électrochoc émotionnel lui révélant sa nature profonde. C'est un créateur, il l'a toujours été et oui, c'est aussi sa quête d'inspiration que je partage avec lui. Quant au félon **A**urelio...

M. Vincent : Le félon ? Vous n'êtes pas tendre avec lui, ou devrais-je dire avec vous-même.

Lola : Aurelio le félon. Oui c'est comme ça que je l'ai ressenti, au début en tout cas car je me suis ensuite apaisée puis réconciliée avec lui. Il est difficile d'en vouloir à quelqu'un qui voit s'éloigner son passé, chargé du souvenir des expériences qui l'ont rendu heureux. De voir sa capacité à se régénérer, à se projeter dans de nouvelles aventures interdites par le temps qui passe... oh oui c'est difficile. Certes, on pourrait juste remercier la vie de ce qu'elle nous a donné. Seulement voilà, le souffle et la passion qui ont inspiré Aurelio sont loin de l'avoir quitté. Alors avoir cette chance d'être à nouveau renversé par un émoi amoureux, aussi déraisonnable que cela puisse paraître, qui pourrait lui en vouloir, dîtes-le moi ? Qui pourrait m'en vouloir ?

M. Vincent : Dîtes-donc, cela fait du monde chez vous madame Chauvet. *Se raclant la gorge.* Pardonnez-moi. Je me permets de plaisanter mais tout cela est vraiment, vraiment très intéressant.

Lola : Vous imaginez, je viens de naître... à 32 ans en ayant déjà appris tant de moi et de la vie.

M. Vincent : Oui effectivement. Justement, allons un peu plus loin si vous le voulez bien, sur ce que vos personnages vous ont appris de vous.

Lola : J'y reviens. En regardant en moi, en eux je veux dire, j'ai appris que mon avenir est un mystère. Il est l'inconnu qui sera fait de la magie de tout ce qui m'entoure, des personnages croisés sur ma route, de ma capacité à créer, à aimer, à renoncer et à me défaire, d'en souffrir aussi. Mais je n'aspire plus qu'à tout cela à présent. Je veux vivre vous comprenez, je veux vivre ! Oh Monsieur Vincent, si vous saviez à quel point !

M. Vincent : Madame Chauvet. Il me semble que votre thérapie se termine.

Lola : Oh non. Mais pourquoi ?

M. Vincent : Vous avez accompli un tel chemin. Vous n'avez plus besoin de moi.

Lola : Mais, mais, vous allez me tellement me manquer monsieur Vincent.

M. Vincent : C'est la règle de ma profession madame Chauvet. Vous inviter à poursuivre nos séances ne serait pas honnête de ma part.

Lola : Mais alors, si je ne puis plus être votre patiente, nous pourrions peut-être nous rencontrer dans la vraie vie ? Apprendre à nous connaître, désirer plus que tout se revoir ? Qu'est-ce que vous faites à présent ? Maintenant je veux dire ?

M. Vincent : Comme vous y allez madame Chauvet, j'ai encore des patients qui m'attendent.

Lola se relève subitement du divan et poursuit sur un ton décidé.

Lola : Demandez à votre secrétaire de les renvoyer. Faites leur savoir que vous n'êtes pas bien. Je pars la première et je vous attends au coin de la rue, à gauche en sortant.

M. Vincent : Enfin, madame Chauvet... Madame Chauvet, je peux vous appeler Lola ?

Lola : J'insiste ! Oui, appelez-moi Lola.

M. Vincent : Oh la la la la Lola. Mais, mais... Mais qu'est-ce que je suis en train de faire là ?

Lola : *Heureuse.* Rassurez-vous monsieur Vincent, rien de très raisonnable ! Vous savez.... j'ai un nouveau monde, mon petit monde à moi à découvrir, et comme je viens de vous y rencontrer, ne traînez pas je vous dis. La vie c'est maintenant !

NOIR

Fin

Pour toutes les relectures précieuses, leurs conseils, leur disponibilité, un énorme merci à Joëlle, Barbara, Georges, Emma, Delphine, Doudou, Didier, Véro, Romane et Agnès, ainsi qu'à Hugo pour la couverture.

© 2021, Christophe Dupuis
Édition : BoD – Books on Demand, 12/14 rond-point des Champs-Élysées, 75008 Paris
Impression : BoD - Books on Demand, Norderstedt, Allemagne
ISBN: 9782322398812
Dépôt légal : Novembre 2021

Autre pièce

Le Fjord rouge – Théâtre.
Texte paru aux éditions du Panthéon
Année 2021

Contact auteur : cdupuis0@orange.fr